敵人與我
武小萍 著

目錄

第一章 3
第二章 29
第三章 60
第四章 122
第五章 156
第六章 181
第七章 217
第八章 250
第九章 286
第十章 304

第一章

五月十三日 星期六

當兩名黑衣人再度踏上這塊土地時，他們知道此行將和前六次來訪並無二異；同樣鹹鹹的海風，隱隱含著魚腥味，寥寥無幾的背包客。同樣溫暖的陽光，同樣視若無睹的冷淡眼光，在瞄了他們一眼後便撇開頭繼續手邊的工作。唯一持續看著他們的只有少數幾位坐在門口眼神目空一切的癡傻老人。即便如此，他們仍感到芒刺在背。

他們來此並無惡意，但當地居民卻認爲他們是這塊土地不應該存在的「灰塵」。若非顧及待客之道，恐怕早將他們掃進海裡。幸好還有其他較友善的居民，例如那位「莎利亞百貨行」的老闆娘，會對他們點頭微笑。不過，今天的笑就沒有之前的親切了，似乎不滿他們沒有到她的店裡光顧一下買個飲料什麼的。情非得已，他們有任務在身，並非來遊玩的。

就算要玩，也不會選這塊未開發地區。

這個地方再過二百年也不會有太大的變化，只會變得更舊。但「有件事」打破了他僵化的想像……。

一踏上這塊土地，帶頭行走的黑衣人不禁頭疼、胃疼、神經疼。百貨行有沒有賣止痛藥？

這是一個以補魚爲業的離島，距離本土說遠不遠，說近不近，沒有飛機，只能搭四小時乘風破浪的船抵達。來到這裡有地方可以吃飯卻沒有地方可以住，因爲當地連一間民宿也沒有，眞是有夠純樸。難道這裡的居民不想便利旅客賺點錢，促進地方繁榮嗎？旅客當天來，當天離開，或者露宿街頭。交通、食宿皆不方便，以後會想再舊地重遊嗎？依他看來機率不高。他就不想來。

然而，這裡卻有非常漂亮、潔白且細緻的沙灘，以及那美得讓人心醉的夕陽。

「看著變化萬千的餘暉，你的內心會……會……感受到某種不可思議的啓發！夜晚更迷人，躺在船上望著滿天星星，船身隨著海浪輕微搖擺，凡世間任何煩惱都能大事化小，小事化無，因爲跟浩瀚的宇宙相比，人類不過是塵埃中的塵埃，沒什麼好計較的！」

他在一次回程船上聽一位背包客認眞且誇張的說。此外，背包客還心醉神迷地描述海底景象有多美、多動人，多適合浮潛。東邊的海岸則適合衝浪或玩風帆。儘管在島上睡了三天涼亭，還會再來！

是啊，有這麼棒的地方，這裡的居民卻不懂得開發利用，眞不曉得他們怎麼想的？

唉，漁民就是漁民，不瞭解開發後帶來的經濟效益會有多大。絕對比他們辛苦抓魚還要可觀！只要他們肯答應、只要他們肯答應！

那麼，早就答應了……。

難保這一趟是又白來的。帶頭行走的黑衣人暗暗嘆了口氣。

想著、想著，他們已經來到一座兩層樓紅磚房前。這是一棟非常特殊的建築物，屋主利用不能再使用的漁網將它變成另類藝術，呈現一幅捧著貝殼的女子的「長裙」。不是屋主別出新裁，異想天開，當地其它房子亦是依據主人的巧思或構想，用貝殼或其它來自船隻不能再使用的物件，設計、擺設於圍牆或牆面或庭院，形成各具特色的一景。很難想像，這些漁民居然同時也是藝術家！就是這項特色讓這座小島在老舊中呈現獨一無二的設計感。

帶頭的黑衣人深深吸一口氣，挺起胸膛，堆起滿滿的笑容後舉手敲門。

「來了。」人未到聲先到，隨即門後出現一位面容和藹可親的老婦人。

「鍾太太，您好。」帶頭的黑衣人立正站好，先行鞠躬禮，站在後面的黑衣人也跟著鞠了躬。兩人看起來像是以客爲尊的業務員。

「請進。遠道而來，一定很累了。坐呀！我泡茶給你們喝。」

「鍾太太，不用客氣、不用客氣。」

她開始燒開水，擺茶具。一直坐在客廳的鍾海智伸手一擋，「媽，我來。」他是鍾家老大，沉默不多話，有禮但生疏冷漠，很少發表意見。幾乎沒聽過。

「媽，真的不用太客氣，他們很快就走。」一個失禮的聲音從樓梯上方傳來。是鍾家老三，鍾海勇，也是三兄弟中最不客氣的一位。他走下樓來，接著說：「頂多只待五分鐘。你說是不是啊，梁經理和……」他刻意用下巴指著後方的黑衣人，「賀協理。」後者臉色一沉，隨即昂首對上他不友善的態度。

鍾林明子瞪視著老三，暗暗責怪他的無禮。

「鍾太太，我們和鍾先生有約。不曉得他在嗎？」帶頭的黑衣人──梁經理公事公辦，沉著應付，不把鍾家老三的訕笑放在眼裡。他不打算理會這個無腦的大塊頭。

「我在。」鍾鎮亥從廚房走出來。他年約七旬，看起來很瘦，滿臉風霜，皮膚被太陽曬得黑亮，穩定的步伐卻顯示他其實精瘦硬朗，老當益壯。而且，難以被說服。

「鍾先生，您好。很抱歉再次打擾。」

「既然知道打擾就別再來了。煩人。」另外一個聲音訕然道。是老二，鍾海仁。很難想像，像鍾鎮亥和鍾太太這種體型的人，居然生下三個像山一樣高壯魁梧的兒子。很嚇人。

梁經理心知任務再困難今天也一定要走這一趟，否則回去很難交待。於是開門見山就說：「鍾先生，我代表殷氏企數度來訪，無非就是希望您能重新考慮支持政府的政策。相信這會為地方帶來人潮和錢潮。」

老二和老三無聲對望彼此後笑了笑，傳遞只有他們才懂得的訊息。在梁經理解讀下，那代表著不言可喻的恥笑。

「我們不需要人潮也不需要錢潮，只要安靜就好。」

「人潮和錢潮可以爲地方帶來繁榮、富裕——」

「你有沒有比較新的說法？」鍾海勇打斷他的話。「每次都說一樣的話，眞沒創意。」

「你們認爲用錢可以收買人心，這一點不對。我們不需要你們的施捨。你以爲沒談錢我們會更憤怒？」鍾海智意外地開口。「我們是海人，出海補魚，賺的錢雖然沒有大企業又快又狠又多，但我們很自在。我們自在是因爲這塊土地很乾淨，沒有紛擾、沒有污染。土地乾淨，心就平靜。我們只有魚網，沒有迷惘。我們寧願與大海搏鬥也不要和險惡的商業社會對抗。」

「這……這怎麼說呢？」梁經理不解到了極點。

「一旦開放博奕，飯店、娛樂場所應運而生，暖飽之後，情色行業緊跟著出現，最後各種犯罪紛紛出籠。」

像在附和他的話，茶壺發出水燒滾了的鳴笛聲。鍾海智如行儀式般進行泡茶程序，然後爲每人斟上一杯。

「請。」

「只是博奕而已。」

鍾鎮亥先聞香再啜飲一口，然後開口說：「事情沒有你所講那麼簡單。博奕就是賭博。犯罪或許不是二、三年內發生，但總有一天會變成那樣，屆時龍濱就會變成『犯罪島』，治安情形會比本土還糟糕。」

「治安的問題可以交給警察，政府可以制定嚴格法規。」

「警察是活動裝飾品，法規只是參考用。博奕利益龐大，我們不希望在龍濱上演有權有能者競相奪取戲碼。五百年都不一定能清乾淨垃圾，何況是犯罪。我們總要爲後代子孫保留一塊淨土，你說是不是？」

「本土的土地也不小，教他們隨便找個地方設博奕特區不就得了。」鍾海勇挖苦地說：「反正已經很髒了。」

梁經理臉色難看地轉向鍾鎮亥。「也許鍾先生您該問問其它人的意見，或許有人贊成。」

這話無異又是給自己找難堪。鍾鎮亥是龍濱區的區長，說是區長不如說他是島主；據聞，他的祖先曾是不折不扣，惡名昭彰的海盜，在海上有不小勢力。隨著時空背景的改變，掠奪變成捕魚，島主變成區長，巴舟島變成龍濱島，再變成現在的龍濱區。若非爲人正直義氣，也無法代代都是領導者，可見影響力之大。所有一切他說了算。

然而梁經理認爲，縱然鍾鎮亥是區長，如果民意同意他也得順從。

「當然有人贊成。不過，人數少得我不忍對你說。」鍾鎮亥淺淺一笑。「人都有理想、志向。不喜歡這裡的年青人都到本土發展去了。有人在那落地生根，有人去而復返。會留下來的自然只剩熱愛這塊土地的人。因此，這項政策無論如何都無法在這裡實踐。你這趟又是白來的。」

「據我所知，政府已經決定了。」梁經理漸漸浮躁了起來。

「那也得我同意才行。你說是不是？梁經理。否則你也不會三番兩次來找我。我們是民主國家，還是要以民意——也就是我——爲依歸。」鍾鎮亥站起來，談話到此的意思再明顯也不過。「回去時風浪大，祝你一帆風順。」

梁經理猛地站起來。「你們無論如何都不願意讓龍濱區更熱鬧繁榮？」

「我們島上也有娛樂，或許沒有本土那麼精彩但也不至於無聊。唯一美中不足的地方，就是交通不便利；這一點向政府反應多年卻得不到回應。」鍾鎮亥心裡非常不滿。

「只要您答應開放博奕，飛機就可以直飛了！」梁經理急了。「我說的是大客機，飛國際線的！」

「挾政策以利交通？聽起來像威脅。」鍾海仁說。

「若是如此，那還是維持現狀吧。」說完，鍾鎮亥轉身離開。

梁經理杵在原地，臉色僵硬。「你們覺得八千萬太少？」

「帶著你的錢滾吧。」鍾海勇揮手如趕蒼蠅。忽而興致勃勃的說：「我們目前不出海。如果你們還想再來，換個新計劃或者換個高竿一點的人，我們陪你耗。」其實是想看他們出糗。
梁經理只好領著賀協理灰頭土臉地離開。
這次任務果然又失敗了……。
他只剩兩條路，一條是被動離職，一條是留任查看。後者看似很好，但這件任務失敗往後工作更得戰戰兢兢，如履薄冰，也算慢性自殺。誰教他離不開這份高薪又高辛（苦）的工作。
「你剛才太衝動了。」離開鍾家之後，賀協理不悅的說。
「閉嘴！這件事失敗，也有你一份。」梁經理兇惡的朝後瞪他一眼。「鍾家人的臭脾氣你又不是沒看到。八千萬竟然都沒辦法讓他們點頭！難道眞要每位居民都給八千萬？我們兩個現在在同一條船上，我沉，也會拖你一起下水。趕緊想想回去要如何對殷董報告。」接著他從口袋裡拿出暈船藥，一下子呑下三顆，希望睡得昏沉沉，暫時不要想那令他傷腦又傷胃的報告。
他們再次經過莎利亞百貨行。賀協理轉頭看，那位老闆娘不在了。他望向遠處海上點點漁船，是歸航的船隻吧。不管有沒有滿載回航，都有關心的家人在等候。本土也是一個海島地形，卻從來聞不到海洋的氣息，只有車輛排放的廢氣，還有從路面蒸騰上來的熱氣。龍濱時時可以聞到一股淡淡的海水鹹味，海風吹拂皮膚帶來的不是涼爽，是黏膩，即便如此他還是覺得不錯，就連由船飄來的油汙味也很好聞，是熟悉的味道……。

城市冷冰冰的高樓大廈與擾嚷的車水馬龍，在蝸居裡迎接他的是一室寂寞。這裡有著如砂糖般的白沙和海天一色的海灣，在裡面游泳是城市人嚮往的愜意吧。然而此刻在岸邊疾走，彷彿是一位仍擺脫不了在大都市養成的匆忙腳步的城市鄉巴佬，急於逃離落後、不便。

他到底是想要離開？還是留下？答案已經寫在步伐不是嗎。

兩個礙眼的人要離開了，沒人多看他們一眼，慰留他們。回程的浪眞的很大，大到足以讓心臟從嘴裡跳出來。梁經理的心臟沒跳出來，胃裡的東西倒是先出來了。

＊　＊　＊　＊　＊　＊　＊

「你說鍾區長不願意接受八千萬？」

「是的。」

「他覺得太少？」

「他們的想法跟金錢無關。」

「哦？他們怎麼想？」

「他們認爲博奕不適合設在那裡。」

站立在窗戶前看風景的殷雄，突然轉過身，朝董事長座椅走去。他每移動一步，梁經理彷彿看到一頭大象一腳一腳地跺過來，踩扁他。殷雄坐下來沉思了一下。然後，眼神犀利地問：「你有沒有仔細地向他們解說清楚？」

「有。」梁經理衣衫內冷汗直流。「我去過七趟了！殷董事長。他們不肯就是不肯。」

殷雄百思不解。怎麼有人不被八千萬「說服」？這價錢相當誘人。難道，他們還想要更多？不，他們不要錢。一個不要錢的人確實不容易收買。那要從什麼地方下手好呢？

「梁經理，你有什麼特別的想法？」

他囁嚅的說：「目前沒有……。」殷董的眼神像兩顆子彈打進他的眼窩，讓他看不見未來。

「賀協理，你認為呢？」

賀協理漫不經心隨口說：「或許可以聯合次要人物說服主要人物。」

殷雄接連點了好幾個頭。看得出來他非常欣賞這個想法。

「好，下次由你去試試。如果成功了，升你當經理。」

賀協理愣住。不是因為聽到殷雄要升他職位，而是隨口胡謅的話竟被當眞，而且由他實行。不，他不想再為博奕一事踏進龍濱一步，甚至希望自己從未提議這個地點……。

當初，耳聞政府有意在幾座離島中選出一個做為博奕特區時，殷董立即開會要大家想想哪座離島最合適？每座島各有優缺點，大家說了半天好像都差不多。惟獨賀協理提議的龍濱區是最完美的，因為它兼具博奕還有觀光，以及適合飛機起降的地形，這三項優點都含蓋在殷氏的營運範圍裡。殷董立刻積極地和政府有力人士接觸。政府很快敲定地點，就是龍濱區。

問題來了。龍濱區的區長不答應。

政府吃了一個閉門羹，殷董毛遂自薦促成此事，殷氏企業要先拔得頭籌，比別人搶先一步登陸。可是，迄今目前為止一點進展也沒有。

賀協理想到又要再回去龍濱說服那群頑固、守舊的海人就萬般不肯，因為他們鐵定不會答應。他太瞭解他們了！剛才他眞該當個啞巴，什麼鬼聯合次要人物說服主要人物主意……。

「我怕我的分量不夠，人微言輕。」

殷雄抬眼看了看賀協理。他的提議不錯，但梁經理已經是企業中最好的說客，連他都無法說服鍾鎭亥，更別提經驗不足的賀協理。

「算了，你們都出去吧。」

兩人如獲大赦，立即退出董事長室。

原本信心滿滿的計劃，現在變成商場上的笑話，殷雄非常不滿。難道得要他親自出馬不成？

殷雄思索著還有誰可以代表他去？嗯，確實有個出色的人。

他想到那個有才幹但玩性甚重的總經理——殷狄倫。

他在哪裡？肯定又在水裡。

＊ ＊ ＊ ＊ ＊ ＊ ＊

基利灣的外海正吹著強風，這是衝浪者夢寐以求的浪。許多衝浪好手早就玩得樂不思「暑」，顧不得日正當頭，忘卻飢餓仍要繼續飆浪。其中有位衝浪好手站在浪頭最高處，他是眾多衝浪者中最出色的一位。他曬得黝黑，強壯的胸肌和平坦有人魚線的腹肌顯示他精壯的好身材，活像訓練有素的蛙人。這樣的男人不用高也不需要帥——而他兩項皆具——就非常有型，引人注目。

他勤於衝浪運動，相對的也疏於工作。他就是殷雄的兒子，殷狄倫。

殷狄倫天生愛浪。只要天氣不錯，他一定會來基利灣報到。天候惡劣，他更不會缺席。玩樂不缺席就會耽誤到工作。幸好他利用深夜看報告、查資料，與國外客戶聯絡，所以不至於耽誤到正事。儘管殷雄再三告誡他的責任重大，還是抵抗不了海洋對他的召喚。

不過，殷狄倫畢竟不是魚，玩久了也要休息一下。

他抱著衝浪板走向專屬的豔陽傘。順手從保溫箱撈出一瓶礦泉水，昂首淋了一些水在頭上，再用力地把水甩掉，接著一屁股坐下，唏噓呼嚕地灌起水。喝夠了，看看海，看看沙灘上的美景——有不少女人穿著養眼的比基尼泳裝。

最美的應該是那位正從海水中起身，雙手優雅地將溼髮撥至腦後，後仰的身軀讓其雙峰亦隨之提升至令人目眩的弧度，像化身人類的美人魚。她不疾不徐地走上岸，忽然又回頭看向大海。太陽光刺眼，她舉起左手遮光，她就這麼美麗又自信地眺望著海，彷彿一伸手就能擋住海浪，又好像人魚渴望返回原生大海。

這畫面說有多美就有多美……。

岸邊已有人很快拿起手機對著她拍照。她的隨身保鑣無存在感似地在附近走動，不打擾到她又能擋住鏡頭。

她是目前最有名氣的藝模，蘿拉。

蘿拉的美不僅來自外在，內在也有涵養；她以美貌征服男人的視線，以氣質折服女人的妒羨，經常無償參與慈善公益，用愛心與笑容說服了仰慕她的人捐出善款。偶爾演電影，票房甚佳。身爲藝模，當然少不了緋聞，但不多久就消弭不見，可見眞實性未到達報章雜誌描述的誇張程度。這樣的美女最後到底花落誰家，情歸何處？人們忍不住猜測、幻想、討論。受歡迎加上多次被男影迷騷擾，所以經紀公司替她找了一男一女兩位保鑣。

此時，很多人著迷地看著蘿拉，她毫不在意，已經習慣被注視。隱隱感覺到殷狄倫的注視，她向他走去，並對他微笑。
「嗨。」
「大美女，」殷狄倫直接遞出手中的礦泉水，「喝水不？」
「謝謝。」蘿拉接過來，在他身旁落坐。旁觀的男性們恨不得自己是她身下的躺椅。
「今天好熱，浪又大。飆浪飆得過癮嗎？狄倫。」
「差強人意。妳呢？」
「好久沒這麼痛快的游泳了。」蘿拉發出滿足的歎息聲。
「很少見像妳這麼會海泳的女子。讓我不禁懷疑……」
蘿拉將溼髮撥至右肩，斜著頭性感的問：「懷疑什麼？」
「懷疑妳生長在海邊或是人魚化身？」
聞言，蘿拉笑得花枝亂顫。「人魚？你還沒長大啊。」
「所以妳生長在海邊囉？」
「告訴你一個祕密，不准說出去。」蘿拉佯裝神祕的低聲說：「其實我是地心人，來地球表面只有一個目的，以愛征服大眾。」
狄倫咧嘴一笑，欣賞她的幽默。
「人家常說男人與女人像兩個不同星球的人，不知道是語言不通還是想法不同，總是溝通不良，誤會對方。」

「我贊成你的說法。」蘿拉深有同感。

「舉個例子來說，為了追求妳我費了不少心思，送香水、送珠寶、送華服，妳一一退回，六個月後竟是用一場電影就約到妳。眞令人費解。」

「你要多多瞭解女人的想法。」

他就是用一般女人喜歡的東西送她，誰知道蘿拉異於一般女人。也因爲她如此特別，所以目前爲止仍舊只有她這一個女朋友。很久沒換了。

「我花半年打退眾追求者才追到妳。」

「你以前太無往不利。」

狄倫半承認地聳聳肩。「是該有人教訓一下我。」

「沒錯，是需要個人好好治你！」會是她嗎？蘿拉心裡猜想。

「想當我老婆？」

蘿拉故作驚訝。「我有說嗎？」

「感覺得出來。」狄倫把頭靠在她肩上。

她笑著將他的頭推開。「說得好像會讀心術。要不要猜猜哪張牌是紅心皇后？」

狄倫逼進她眼前。「還不承認？」

「既然如此，什麼時候帶我去見你父母？」蘿拉順水推舟。「別老讓他們從報紙得知我們交往情況。」

「醜媳婦想見公婆了？」

「你說我醜？」她佯裝生氣。「我不去了。」

「妳一點都不醜，美極了。」狄倫討好的說。

「那……公婆願意見我嗎？」蘿拉心中驀地忐忑了起來。

她會不會問得太快、太明顯？

當藝人或模特兒被剝奪的自由太多了，數都不想數，她並不是很在意，藝人嘛。可是感情這一塊她太在乎了！曖昧不明時不能直接了當地問個明白，被甩了也不能理所當然給對方一個大巴掌。她的心因此被傷害了好幾次。

蘿拉內心是著急的，卻不能表現出來，也不能到處去訴苦，在演藝圈不容易交到眞正的好朋友可以談心，免得「不小心」成爲八卦雜誌封面的主題。當然也不能當眾發脾氣，連一丁點的不悅神情都不能有，否則就失去「頂級ＥＱ美人」的封號。更別說她敢提議「以結婚爲前提」的交往，誰知道會不會把人嚇跑。

大家會不會認爲她和狄倫交往是爲了他的家世？雖然這是事實，但她更想要他的心！她在挑人，人也在挑她。再說，交往中連對方父母都未正式見面，是不是意味著她也在被觀察中？當初她可是密密切切觀察了狄倫六個月才答應他的追求。現在想來，她會不會太快答應？表現太過急切？

在這個圈子久了，做任何事、說任何話都會讓蘿拉瞻前顧後。

狄倫幫她把頭髮撥至肩後。「妳是最美的。」答非所問，可見他還不想定下來。他們的未來尚充滿許多變數。

「我很快會帶妳去。」

「多快？後天？」蘿拉隨口故意爲難狄倫。

「就……這個星期日吧。」

蘿拉深感意外。「眞的？」

「眞的。而且是……」狄倫掬起她的手深深一吻，然後看進她眼裡，說：「正式見面。」

正式見面？這代表……？蘿拉不敢往下想，心卻噗通、噗通跳。

「我們的交往以結婚爲前提。」狄倫說。

一分鐘前，蘿拉還在猜測狄倫的心，下一刻竟聽到他這麼說，反倒不知該做何反應。她瞭解狄倫向來隨興，但這件事隨興得有點草率，令她感覺不眞實。她直勾勾地瞪視著狄倫，想在他眼裡找到一絲「我在開玩笑」的痕跡。

兩人就這麼相對眼好一會兒，像在玩瞪眼遊戲，看誰最先笑出來就輸了。

最後，蘿拉證實：狄倫是認眞的！

她暗暗吸一口氣，表面上一副安然自若。接著，不疾不徐地送出一朵迷人的微笑；她沒有如演戲般感動得又哭又笑，畢竟狄倫沒有正式說：請妳嫁給我吧！

「我怎麼從來不知道我們的交往以結婚爲前提？你並沒有這麼說過。」她翹著嘴，有些小委屈。

「我有沒有讓妳空等待？」狄倫作戲似的問，臉上那抹笑壞極了。

「哼。」蘿拉推開他的臉。

「我買個禮物送妳，當是訂情。」

「訂什麼情？友情？」她故意爲難。

「愛情。」

蘿拉本來期望他回答「感情」，但算了，男人比較不會用詞遣字。事情發展到此，她心裡總算有些踏實。

「你要送我什麼禮物？」

「這裡玩完後去『吉藍』看看。」狄倫親吻她的脖子。旁邊手機拍得更快，有的乾脆錄影起來。保鑣不時四處移動，技巧性的擋住鏡頭。

「那我就不客氣了。」蘿拉故意大開獅子口。

「妳不需要客氣。討女人歡心是男人的責任。」狄倫豪氣地說。

蘿拉斜睨他，欣賞地說：「說得好！不過，」她輕輕一笑，搖搖頭。「我不要。」她固然喜歡寶石，但更想要他的眞心。偏偏以前的男友捨得給寶石，不願給眞心。

「這點等一下再討論。趁現在風浪大，我想再玩一次衝——」突然，狄倫的手機鈴聲響起。拿出來一看，「是我爸。」他做了一個手勢要她等一下，然後起身到旁邊聽。

蘿拉尊重他個人隱私，逕自躺下來看海，內心甜甜地咀嚼他剛才的話……狄倫終於要帶她去見他父母了……。

狄倫邊講話邊踢海砂，不時點頭或思考，臉色愈來愈困擾。終於，他講完電話走過來。

「有什麼麻煩事嗎？」

「公司的事。」狄倫坐下來喝水。「蘿拉，有沒有興趣來一趟離島旅遊？」

蘿拉雀躍的問：「好啊。哪裡？」旅遊有助感情加溫。

「龍濱區。」

蘿拉一聽，表情愣愣了個樣。「龍濱？可那裡並不是旅遊景點。」

「我知道不是。」狄倫沒有漏看蘿拉的反應，以爲她不喜歡去非熱門旅遊景點。「不瞞妳說，這趟不算是純旅遊。我要到龍濱區辦點事，想找妳一起去。」

「我們要去龍濱……找……誰嗎？」蘿拉躊躇的問，心底已經有了答案。她知道博奕開發案一事。

「拜訪當地區長。怎樣，要不要去？」

蘿拉神色微斂，低頭說道：「你是去談公事，我等你回來。」

「也好。」說完，狄倫起身整理隨身物品。

「你不玩了？」

「下次再玩。我要立刻回公司一趟。」狄倫邊收邊看她，「但我們還有時間去『吉蘭』。」

蘿拉被動的點了點頭，然後心不在焉的整理物品。

他們回飯店做簡單的梳洗後，驅車前往「吉蘭」。

「吉蘭珠寶」位於市中心，三層樓，佔地不大，約八十坪。主要分鐘錶、黃金、玉石、珍珠、寶石五大類。並非全國最大，卻最精緻、稀有珍奇。三樓另闢五間貴賓室，專供高端客戶使用。

狄倫事先打過電話，所以他們一到便被接待員迎進貴賓室。坐定後，接待員送上飲料、濕紙巾。

「有什麼新貨？」狄倫問。

接待員戴著手套，捧來三個展示盤，每個展示盤內鋪著黑絨布，第一盤放著五件寶石項鍊、第二盤是玉鐲、玉鍊，第三盤是珍珠項鍊和手鍊。「請看。」

由於時常走秀，配戴代言廠商的珠寶，對於珠寶的欣賞就像連吃七天的牛肉麵，膩了。這時，蘿拉注意到一條珍珠項鍊，頓時被它所吸引。

那是一條泛玫瑰折光色的珍珠。鍊墜由一隻銀黑色的海豚包圍住粉紅色珍珠，海豚的眼睛是藍色寶石，頗為特殊。

接待員立刻說：「蘿拉小姐好眼光。那是本店才有的 MARINA 珍珠。」

「我聽過 MARINA 珍珠。」狄倫說。

「數量少，價格昂貴。」接待員說。

「高估了吧？」狄倫頗不以爲然。在他眼裡看來，那條珍珠項鍊很普通。

「明星名媛可不會這麼說。」蘿拉笑笑的反駁。「MARINA 珍珠是珠寶界傳奇，品質和設計一流，但沒人知道產地在哪、設計者是誰。」

「故作神祕也是宣傳手法之一。」

「設計者一定是名女性。你看，這隻海豚在微笑！」蘿拉可愛的說。

「MARINA 珍珠只有本店才有。」接待員驕傲的說，「尤其是您手上這條珍珠項鍊，作品名稱叫『豚積愛』。」

「好漂亮，好特別……！」蘿拉讚嘆的說。「眞的不知道產地來自何處，設計者是誰？」

「恐怕只有達老闆才知道。」接待員語帶歉意的說。「每一顆都是天然珍珠，絕無造假。我們還有保證書。」

蘿拉戴著它端詳了一會兒，然後將項鍊拿下來。「就這條。」

接待員雙手捧過項鍊放回展示盤，稍後包裝好再拿給她。

「還要不要再看別的？」狄倫問。

「夠了。」

狄倫將信用卡遞給接待員。接待員收下後，帶著展示盤離開。

以前，他喜歡帶交往中的對象來這裡挑飾品，他大方的贈與珠寶，欣賞她們開心的表情及反應，並享受之後其無私的毫無保留的「奉獻」，不曾眞正交出他的心。他一直用這個方法測試女人的心，只是想知道她們圖的是什麼？而答案一直都非常明顯。

嘖，那個多疑、無安全感的闇黑狄倫總喜歡出來攪和。

和蘿拉交往幾個月，他發現她和其他女性不一樣；那晚，他們共進晚餐，氣氛正好，非常有話聊。甜點之後，狄倫送她一只鑽戒。

趁蘿拉在欣賞鑽石之美時，狄倫開口問：「等一下是去妳那兒，或者到我家？」

「咦？什麼？」

「妳知道的……。」他的語氣有著強烈的性暗示。

蘿拉的眼睛緩緩地從戒指移到狄倫的眼睛，然後一直對著他微笑。狄倫也笑。接著蘿拉站起來並拉起他的手，狄倫以爲這朵花摘定了，也站起來。豈料，她把鑽戒放回他手掌。

「我不是麻雀，省省你的力氣與金錢。」她暗喻自己不是茱麗亞羅勃茲飾演的妓女。

「我已經是女神，要追我，單靠一只鑽石戒指恐怕不夠。回去再加油！謝謝你今天的晚餐。可惜的是，」她故意指桑罵槐：「蛋糕太甜了。」

他承認那天太莽撞、太躁進，可是那一刻他就被她迷倒。不管她是眞的拒絕或假的作態都沒關係，她氣質高貴、優雅大方，是名自信、完美的女性。和她交往對他有加分作用，也符合長輩的要求。

狄倫望著蘿拉，此刻的她依舊有著自信美。

「謝謝你的項鍊，狄倫。」

「妳喜歡就好。」

「等一下要回公司？」

「對。我預計明天一早去龍濱區，傍晚回來。」狄倫端起咖啡一口氣喝光。稍後他會需要十足的精神。

「爲了博奕開發案？」

「妳知道？這可是商業機密。」

「雞蛋再密也有縫。」

「看來此案非得成功不可，否則就成了大家的笑話。」

蘿拉握住狄倫的手臂，擔憂的說：「海人的脾氣很大。好好跟他們溝通，千萬不能用強硬的手段。」

「『海人』……嗯，妳用這字眼形容他們眞貼切。」狄倫好笑地問：「妳怎麼知道他們脾氣大？」

蘿拉慢慢放開手。「……我聽別人說的。」

「妳放心，我們要在那兒做生意，重要的是敦親睦鄰，雖然不容易，我儘量讓每個人滿意。我會好好與他們談。」

蘿拉欲言又止，最後什麼都沒說，只說了句：「那麼祝你好運。」然後在狄倫臉頰印上一吻。

他就是喜歡她這一點，性感又不失高雅，多情但不黏人。

隨後，狄倫送蘿拉回住處，接著開車回公司。

蘿拉目送他離去，轉身進屋。她脫掉高跟鞋，褪下粉紅色連衣裙，踩著室內拖，僅著薄紗內衣走到廚房爲自己倒了一杯紅酒，然後到客廳坐下放鬆心情。回到家就該自由無拘束。她啜飲第一口，讓紅酒的滋味在嘴裡慢慢散開，欲再喝第二口，杯子已經舉到唇邊卻突然停住，兀自發起呆來……。她放下杯子揉揉眉心，接著轉身從手提包裡拿出裝著珍珠項鍊的禮盒。黑色絨布禮盒外用燙金字體印著「MARINA」，高貴又典雅。

「……MARINA……。」蘿拉低喃。

她肯定聽過 MARINA，但不是因爲它的名氣……。好像是很久以前有人告訴她，那人說：

「……MARINA，拉丁文，意思是『屬於海洋的』。」

狄倫電掣風馳的趕回公司，精神抖擻地走進殷雄的辦公室。

「爸。」

殷雄正坐在辦公桌前看著資料，看他進來，微微抬了一下眼皮子，表情只寫了一種情緒：不高興。

「拖這麼久。」

「抱歉。我接了您的電話後儘快趕回來。」

「照理說，應該是你坐在這，我退休了才對。」殷雄好沒氣的闔上資料，然後拿著資料夾站起來，走過狄倫身邊，順手把它往他胸膛拍去。「你看看這個。」

狄倫接過之後，隨意的翻閱又闔上。「還是跟以前一樣拒絕。」

殷雄走到沙發坐下。「他們連錢都不要。這種人你拿他們一點辦法也沒有。」

狄倫也坐下。「這次去我會順便拜訪其他地方人仕，聽聽他們的意見。」

「好，就交給你了。」殷雄焦慮地又站起來，走到玻璃帷幕前，憤憤的說：「我怎麼都不相信怎麼會有人對錢不動心？」

「爸，別激動。只是方法不對，不代表無法說服。」

「唉，我把這個案子當做『退休禮』，它不成功我就不甘心。」

「別給自己太大壓力。如果這件事我們做不到，別人也做不到。」狄倫自負的說。

「誰知道。總而言之，儘快搞定，不管用什麼方法、手段。」

狄倫挑高眉頭，「你要用硬的？」

「必要的話。畢竟這件事拖太久了。拖得愈久對我們愈不利。」

狄倫贊同的說：「競爭者會愈來愈多，大家各出奇招對我們確實會有影響。」

「你自己看著辦。」

狄倫點頭。「明天我就去趟龍濱區。爸，您放心，一定幫你帶『退休禮』回來。」

第二章

五月十四日　星期日

翌日，狄倫預計搭乘六點半的「星海飛號」前往龍濱區。他一身便裝，旅行背包裡面只帶水，一套便服及手機。他以輕鬆的裝扮去見他們的比較容易拉近彼此的隔閡。本來他打算隱瞞身分，不過為了避免不必要的誤會，最後還是作罷。他心底已有腹案，其餘見招拆招。

狄倫舉起手看錶，七點十五分了。怎麼還不開船？

一名男士不顧船上到處貼著「禁止吸煙」的標示，站在舷梯旁一根接一根地抽，他後面的婦人忍不住掩住口鼻，賞他白眼。

狄倫仗義出聲，「先生，這裡禁止吸煙。」

「船還沒開。」那人不高興的說，照舊繼續抽煙，同時低聲忿道：「這兩個再不來我就把船開走，讓她們自己游回去！」

「喂！等等！我們來了！」兩句話無縫接軌。

狄倫隨意望去，一名女子背著許多物品揮著手匆匆跑來，另一名女子慌亂的把錢付給計程車司機後也加緊跑來，更多袋子在她身上搖來晃去。兩人好不容易登上舷梯上方，喘得說不出話來。

「可……可以……可以開船了。……我的媽呀……我快喘不過氣了……！」

「小樂，妳體力眞差。」第二名女子取笑道。她有點喘但不影響說話，轉頭對抽煙的人說：「卞叔，對不起，我們來遲了。」

「不關妳的事。」他和顏地對她說，卻用嚴厲的眼神瞪著那個說不出話的女子。「肯定是她拖時間！」然後將未抽完的煙彈進海裡，同時舉起無線電對講機，「開船。」

原來他是船長，狄倫心想。

「還不快到吧檯幫忙，小樂。」

「這就去，船長大人。」小樂好沒氣地答道。又小聲的加了句：「也不讓人家休息一下。我會累耶。」

「東西我拿，妳快去吧。」說話的這名女子由於奔跑的關係，幾綹頭髮垂在鴨舌帽外，顯得活潑、可愛。狄倫忍不住多看她一眼。

「好，那就交給妳了。」說完，小樂迅速鑽進船艙內。

戴鴨舌帽女子雙手扠腰，看著地上物，思索如何處理它們。最後決定把所有的袋子用肩揹、手提、胸抱、臂掛等方式一次全往身上攬。弄好後整個人頓時變得龐大，幾乎占據整條通道。經過狄倫身邊時不小心撞到他，其中一個袋子應聲破裂，裡頭的物品掉落出來，她只不過回頭望，原本擠在身上的袋子竟一下子全脫位，爭先恐後離開她身體。

「喔，不不不……！」她哀叫一聲，狼狽得不知該先處理哪個好。旁邊出手相助的人數，零，全都幸災樂禍看她出糗。「笑什麼笑？都不來幫我。」

「妳拿太多了。」

一道中氣十足的嗓音出現，珠珠抬頭看。太好了，是一位帥哥。他很高，至少高她廿公分以上，而且似乎打算出手幫忙。

狄倫蹲下來把散落的物品暫時堆到旁邊，再伸手幫她提最大包的袋子。「放哪？」

見狀，她趕緊七手八腳的將小一點的袋子掛回身上，連忙說：「謝謝你！請跟我來。」然後往船尾走去。

今天搭船的人頗多，應該都是龍濱區的居民。狄倫心裡猜。他們經過人群時，很多人對女子打招呼或開玩笑：

「珠珠，又大包小包啦。」

「看到還不幫忙？」

「珠珠，妳爸好嗎？」

「他很好，可以跟你比手腕，而你一定又會輸。」

眾人一片嘩笑。

「這麼多東西，全是妳的嫁妝呀？珠珠。」
「是啊。可惜還沒找到新郎。」她詼諧的說。
「後面那個男的是嗎？」
「他是男的，但不是我的郎。」
「幸好他不是，不然就慘了！」
眾人笑得更大聲。
「閉嘴，我可是很溫柔的。」她大聲的頂回去。
珠珠……。狄倫心裡默念著這個名字。
「看妳從小長大，我從來沒見過妳溫柔的樣子，以爲妳只會修理人。」
「你也想試試被修理嗎？我不會手下留情喔！」珠珠對那人做鬼臉，挖苦的力道不弱。走在後方的狄倫不禁認同那人的話，確實讓人很難將她與溫柔聯想在一起。
「妳絕對不是隻溫柔的小貓，是大貓。」那人暗指珠珠是母老虎。「恰北北。」
「噫——咧——。」珠珠回以假笑與鬼臉。
他們走到船尾處，暫時將袋子放在甲板上。這時，珠珠嗅到一些他身上的古龍水，不知是何種味道？挺好聞的，而且他長得挺不賴，看起來有些眼熟。
突然，有個小小聲音從腦海裡竄出對珠珠喊：妳喜歡眼前這個男人！
不！我沒有。我只是覺得他的味道很好聞，不是喜歡他。珠珠心裡做了小小更正。

雖然他給她的第一個印象還不錯，但僅止於此。

珠珠直直的伸出右手，衝著他爽朗的笑。「謝謝你！」面對突如其來的謝意，狄倫一下子反應不過來；除了業務上往來的客戶，很少女子主動向狄倫握手，給予他的是職業性笑容。他的女友們的笑容太甜，太豔，有目的。所以，如此坦率的舉動竟讓他有些措手不及，慢了幾秒回應，不過很快的伸出手與她相握。

「不用客氣。」狄倫說。她有一張真誠的臉龐，毫無戒心。

人與人的接觸很奇妙，狀似不經意的接觸，便能讓人產生與眾不同的感覺……。她有著觸感很好的手，手心肉很厚，力道夠又溫暖，和他以前摸過的柔弱無力、瘦骨嶙峋般的手大不相同，他忍不住多握了一會兒。只差沒用另一隻手包覆她。

這個陌生人怎麼握那麼久不放手？珠珠慌亂的想，連忙把手抽回來。

「妳是龍濱區的居民？」

「是啊。你來龍濱找人還是來玩的？」

「隨便看看。」狄倫模稜兩可的說。

聽到這樣的答案，珠珠提醒自己，眼前的陌生人好看，善良體貼，卻不喜歡別人問東問西。

「啊，我忘了那包東西。祝你旅途愉快。」說完便跑走了。

狄倫索性待在船尾，望著大海。今天風平浪靜，海天一色，水面只有船隻急行而過濺上的水花，若不是有任務在身，這趟旅遊會多點愜意。

想著想著，狄倫低頭看自己的手……。真奇怪，自己居然興起想再握一次她的手的念頭……。

四小時的船程不算短，而且沒有其它事情可做，全部的人都到船艙的小吧檯喝飲料、聊天，打發時間。

除了狄倫。這會兒他還在對著自己的手發呆。

艙內不時傳出陣陣笑聲，他們好像有說不完的話，開不完的玩笑。最後他們竟然合唱起歌來。

出海補魚不辛苦，只爲三餐，爲家人，
雷雨閃電不害怕，抓到大魚多開心，
忍著寒風和海水，凍到手痲腳痲無關係，
魚呀魚呀入我網，期待好收獲，滿載歸航換金錢，
出海補魚不稀奇，能夠回家最幸福，
不迷惘，別害怕，不迷航，掌握方向，
我有家人在等待，他們是我的愛。
有魚有錢很重要，平安回家更重要，我有家人在等待，他們是我的最愛。

詞曲意境符合他們的生活寫照，歌聲宏亮有著補魚人的豪邁氣勢，狄倫受到吸引不知不覺也進去。船艙的擺設一目了然，一座簡單的小吧檯，提供簡單的餐點飲料，有個大型冰箱在右方，吧檯後方牆壁的架子擺放不同的飲料，但選擇性不多，吧檯左邊有一台伴唱機。就這樣。

狄倫在吧檯旁唯一一張空椅子坐下。有一盤黑黑的，看起來像是滷味之類的食物用保鮮膜包覆著擺在他前面。狄倫推開它。

「要吃什麼？」小樂問，遞給他一張餐飲目錄表。上面只有三種餐：雞腿便當、咖哩雞、豬肉便當。

「請給我一瓶啤酒。」狄倫說，然後將目錄推還回去。

小樂開了一瓶遞給他。「你看起來好像軍人。來龍濱玩？」

「欸。」狄倫虛應一聲。

「我們島上沒什麼好玩的，也沒有旅館可以讓你過夜。你不想過夜的話要趕五點半的船回去喔。」小樂善意提醒。

「那麼想過夜的遊客要睡哪？」

「碼頭、公園涼亭、騎樓下、警察局。或者乾脆以天為被，地為床。」明明就是「露宿街頭」竟被她說得瀟脫。

「島上沒有民宿？」

「沒有。」小樂嗤道：「要民宿做什麼？」

「賺錢，實現開民宿的夢想之類的。」

小樂聽了倏地大笑出聲，狄倫一臉尷尬，不知她在笑什麼。

這時，珠珠端了餐盤回來，站在小樂身邊。她已脫掉鴨舌帽，齊耳的卷髮貼在臉頰兩側，他沒見過哪個人頭髮這麼捲。自然的？卷燙的？不曉得把手指插進頭髮裡是什麼感覺……？

珠珠一雙靈動有神的眼睛正好與狄倫對上。她有張略帶嬰兒肥的可愛俏臉，狄倫心想。

她靦腆地朝他微笑點頭，那笑容雖稱不上燦爛卻足以照亮他的眼睛。狄倫心底頓時升起某種……特別的感覺……。可是，說不上來是什麼……。還想再仔細分析，小樂喳喳呼呼的聲音把他拉回現實。

「在這個鳥不生蛋的地方開民宿賺不了錢的。」小樂不看好的說。

「開民宿怎麼不會賺錢？」狄倫反問。

「龍濱的遊客並沒有多到滿山滿谷溢出來的程度。而且龍濱小，沒地方蓋民宿『收容』遊客，所以不！不需要民宿。」

「你們沒有對外開放觀光，當然就沒有絡繹不絕的遊客。」

「爲什麼要開放？」珠珠加入對話。聽起來是疑問句卻頗有不屑之意。

狄倫聽出弦外之音。

「把龍濱區的特色告訴大家，不足的部分交給專業人士改善，讓更多人來此地遊玩，增加光觀收益。到時候就會需要民宿及飯店。」他把想法說出來，順便聽聽她們怎麼說。

「聽起來就是把一個六十分的女人改造成一百分的美女，讓大家都喜歡，是吧？」珠珠將便當放進微波爐加熱。

狄倫挑了一下眉毛，不置可否的說：「這樣形容也可以。」

「維持六十分的模樣有什麼不好。再說，你怎麼知道這個被改造成一百分的美女歡迎每一個人？包括大明、小明、蒼蠅、蚊子、阿貓、阿狗。」

「對呀對呀。」小樂忙不迭地附和珠珠。

「美女沒辦法拒絕任何人欣賞她，卻可以讓更多資源挹注她。」他有很多經驗。

「難道美女改造完後只是爲了得到更多的錢嗎？」珠珠鄙夷的問。

「不然呢？」狄倫瞅著她問：「如果是妳，妳想要什麼？」

他是在討論問題，還是一語雙關？珠珠在他咄咄逼人的注視下感到一絲不自在與害羞，因此迴避他的視線，回答道：「我從來沒想過要改變自己。」

「龍濱區比較像是一顆未經琢磨的鑽石，需要人發覺、修飾，然後展示。」狄倫微笑的指正，「而不是一個六十分的女人。」

「不管是女人或是鑽石都一樣意思。」

「難道你們兩個不喜歡看到龍濱區進步？」

噹！微波爐發出聲響。

小樂趕緊轉身把微波爐裡的便當拿出來。珠珠靜默地看著已停止歌聲，正在閒話家常的乘客。他們都是龍濱的居民，和大海搏鬥的海人。

「我們當然希望龍濱進步。」珠珠若有所思的喃喃自語。

狄倫提醒她：「不改造是無法進步的。」暗嘆：女人家頭髮長，目光短。

珠珠自深思中回神，因爲她陡然意識到一件事：眼前這個陌生人爲什麼對龍濱開不開發這麼多想法？

她瞪大眼睛，問：「你是誰？遊客來只會問哪裡好玩，不會像你這麼在乎龍濱開不開發？」

珠珠質問的表情讓狄倫緊張了一下。

「我們，」他的食指在小樂和他之間來回移動，「是從龍濱區沒有住的地方開始講起，最後愈講愈深入。」然後呷了口啤酒。

「妳不要這麼神經質好不好？他只是遊客。」小樂轉過頭，不著痕跡小聲的說：「而且長得很好看。」

「欸，別見異思遷啊，我哥還愛著妳哪！」

「又還沒結婚。」

此話一出，珠珠驚訝的快速扭過頭看她。「妳——」

這時，有人大喊吆喝：「妳們兩個聊完了沒？飯呢？」

「不會自己過來拿喔！」小樂對他們吼回去，接著轉頭對她說：「你們聊，我去餵『魚』了。」

或許真的是多疑了，珠珠心想。她用下巴努努他手上的啤酒。「請你喝。歡迎來龍濱玩，希望你喜歡。」

「謝謝。」狄倫接受她的歉意，舉起瓶子說：「我一定會喜歡龍濱區。」

「只喝酒容易醉。要不要吃點什麼？」珠珠問。

「隨便什麼都可以。」

珠珠替狄倫挑了個雞腿便當。

坐在旁邊的大肚腩大叔，嘴巴鼓鼓的，一邊噴飯一邊拿著筷子指向狄倫，說：「年輕人，幸好你是遊客，不是那個殷什麼……什麼殷的……」

「殷捷集團。」珠珠提醒道。

「哼，管它叫什麼。我告訴你啊年輕人，這個海域偶爾會有鯊魚繞呀繞。」大叔說，拿著筷子在空中劃圓圈，「你若是這家公司的手下，我們這裡有一半人會鼓掌叫好。」

狄倫不解的問：「那另一半人做什麼？」

「把你被丟下海，餵鯊魚。」珠珠笑著說，不覺得血腥。

「沒錯！」大叔哈哈大笑的朝狄倫肩膀用力拍下去。力道之大，差點沒把他從座位上打落在地。

狄倫坐立不安。看來，此行困難重重。他得改變方針；原本打算直接找區長，現在可能要隱瞞身分，免得被丟到海裡餵鯊魚。

小樂去而復返。「你們別嚇他了。他只是來玩的遊客。」

「請慢用。」她將熱好的便當端給狄倫。「大家愛開玩笑，別被嚇到。龍濱很少有鯊魚。」

她有口美麗的貝齒，狄倫發現。

大叔搶白，「現在這個海域就有鯊魚。」他朝大海一指，「那邊不就有一隻。」

狄倫順著他指的方向望去，確實有一條形似鯊魚的大魚跟在船旁邊。

珠珠驚喜的說：「多多來了！」

鯊魚也有名字？眞是新鮮事。「牠和你們有什麼淵源？」

「牠還小的時候擱淺在沙灘上，被救活後就在龍濱附近生活，已經四歲了。」

「喔，是嗎？」狄倫揚高了眉頭。「你們怎麼知道牠四歲。」

「就從救牠的那天算起啊！嘻嘻。」

「對了，你們爲什麼這麼討厭殷捷集團？」他實探虛問。

「他們妄想將龍濱區變成博弈特區。不給點懲罰怎能娛樂我們，你說是不是。」大叔說。

「我們不會眞的丟，免得汙染海洋。他們應該直接下地獄。」

狄倫清清喉嚨，「這麼嚴重？」

「當然囉。」珠珠瞪大眼睛，「他們想改造龍濱，太可惡了。」

話題又回到原點，他無需再多問。不過，珠珠說話時表情生動，很可愛。還有那頭卷髮……，他眞的有股想把雙手插進去撫摸髮質的衝動。

「龍濱區哪裡好玩？」狄倫問，放下筷子，將嚐沒幾口的便當推開。這便當眞教人食不下嚥，大家卻都吃得津津有味的樣子。

「沒有。乏善可陳，索然無味，一無是處。」珠珠朝便當努努嘴，「跟你的便當一樣。」

她看穿他的舉動了。狄倫莞爾道：「怎麼？這麼不希望我去玩？講得好沒價值。」

「每個來玩的遊客只想追求快速的刺激，例如衝浪。」

狄倫立刻插話：「這裡可以衝浪？」

珠珠一副「被我說中了」的得意表情，他尷尬不已。

「你得慢慢體會龍濱的日出到日落，春天到冬天，退潮時的寂寥，漲潮時的激動。而不是蜻蜓點水似的痛快一下然後離開。」

前面的形容他聽得懂，後面的形容讓他想歪了。

珠珠瞅著他，狐疑的問：「你笑什麼？」

狄倫乾咳一聲來掩飾，很快的說：「聽起來我不能到龍濱區玩，不過可以在那裡定居。就好像我只想買襪子，不過你們非賣衣服跟褲子不可。」

「不，我……我不是這個意思。我只是……」

「龍濱區的美不是用『玩』就能感覺她的好，是要慢慢體會她內在的優美靜脈。妳的意思是不是這樣？」

珠珠的眼睛一亮，伸出手指指向狄倫，幾乎觸及他的鼻尖。「對，就是這意思！你形容得眞好。」

狄倫發覺自己很喜歡看她的眼睛，有活力，有靈魂，就像會說話的星星。眞奇怪，他怎麼會有這種感覺？從來，他看女人都看整體，沒特別單獨看某部分。現在，她一個一個部位顯現出吸引他的特色來。

狄倫不禁好奇，看不到的部位呢……？她現在的穿著看不出任何曲線。

「難道去的人連過一夜短暫的停留、暫時的放輕鬆也不行嗎？別強人所難，大家只是去渡假罷了。」

「還有其它地方可以去，不見得要來龍濱啊。」

這話題爭議性頗大，不適合當閒聊話題，狄倫就此打住，轉移話題問另一個他感興趣的。

「妳叫什麼名字？」

「我叫海珍，大家都叫我珠珠。剛才那個叫小樂。」

「海珍……，珠珠……。」狄倫輕聲的說。驀地，腦海閃過一個訊息：鍾區長的兒子不都以「海」爲名嗎？「姓什麼？」

「我姓鍾。」

狄倫若無其事般的繼續喝酒。

難怪她不喜歡開發龍濱區，原來她是區長的女兒；報告上沒寫到她。這下好玩了，希望她不要反問他的姓名。狄倫暗自祈禱，但躲不掉了。

「你叫什麼名字？」珠珠毫不知情的開口問。

「我叫 Dylan。」狄倫故意用英文發音。然後坐立不安的動動身子，好像屁股有蟲。

「Dylan……。」

珠珠的聲音像輕飄飄的風，拂在狄倫怦怦跳的心頭上。他很清楚這非關緊張，像得了心臟病似的。對了，他八成是沒吃多少東西就喝酒暈船了才會有心臟亂跳的症狀。一定是！

狄倫刻意否認其實是「心動」。

這時，珠珠那雙靈動的眼睛瞅著他瞧。「欸，我覺得你看起來有些眼熟……。」

「我有張大眾臉。」狄倫很快的說。
珠珠歪著頭打量他。
狄倫緊張的吸一口氣，說：「抱歉。我離開一下。」
「你沒事吧？暈船了嗎？」珠珠關心的問。狄倫匆匆離開船艙，還不小心撞到小樂。
「噢！他怎麼啦？」
「可能到外面吐去了。」大叔嘲笑的說。
「妳拿藥給他吃。」小樂對珠珠說。
「應該不用吧，他看起來不像暈船……。」珠珠不太確定的說。
「暈船是看不出來的。」小樂把視線轉向珠珠，「關心一下也好。」
「我爲什麼要關心他？奇怪。」珠珠一副忙東忙西樣。
「因爲妳很久沒關心人了，眼前有個機會當然要好好把握。」
「容我提醒妳，他是男人、陌生人、旅人。」
「這三個條件都非常適合！妳可以拿他來練習，否則妳會失去愛人的能力。」
珠珠眼白都翻到天花板了，不耐煩的說：「練習什麼啊。」
「愛情呀。妳的男人經驗值一直沒有突破『一』，太糟了。」
「這輩子只交過一個男朋友有罪嗎？」珠珠不以爲然。
「不要再封閉自己的感情了，珠珠。」

「我沒空談感情。」珠珠皺著眉頭迴避的說，「我有好多事要做。」隨手抓起抹布擦吧檯。

「我知道妳很忙，但是沒有『愛情』在妳的行程表裡。」

「好麻煩。我現在的生活簡單多了，沒有約會，自由自在，煩惱就少了。而且那些小朋友都喜歡我！」珠珠得意的說。

「請妳找發育完全且成熟有魅力的男人，好嗎？」

「好好好，我會參考妳的意見。」意思就是：不會。

小樂不相信她的話。「要不然，談個速食愛情也行。以後我們去本島買東西逛街時隨便找個男人搭訕。」

珠珠詫異的問：「我哥知道妳這麼開放嗎？」

「那妳去搭訕就好。」

「神經病。懶得理妳。」

「妳這樣子根本是在搞自閉，忘不掉前段感情。他都離開三年了！」

「我早就忘了。」珠珠好沒氣的說。

「忘了更好。來！」小樂把暈船藥塞到她空出來的手中，「去關心他。」

「我不要！他是陌生人。」

「陌生人才好，可以不用負責任。」

「妳——」

「少囉唆！快去。」

珠珠把藥丟到旁邊。「妳是船長的女兒，想去自己去。」話才說完，那頭有人喊：「小樂，伴唱機又故障了。」配合得剛剛好。

小樂故作無奈的對她聳聳肩，然後離開。離去前，故意哀聲嘆氣：「希望那個陌生人不會吐得太嚴重才好。上次有個身體很壯的年輕人吐到臉色發青！好可憐哩。」

貓哭耗子，假慈悲。珠珠怒瞪小樂一眼，投射出極度不滿的眼神卻僅軟趴趴的擊中她背影。她清潔檯面，或者拿餐飲給需要的人，假裝忙碌得心無旁騖，但眼角不時瞥向暈船藥，猶豫不決。

到底要不要拿藥給 Dylan 呢？好心又雞婆的小樂總是鼓勵她再交男朋友，深怕她無法愛人。

她的情感很正常，只是提不起勁談新戀情。儘管 Dylan 散發一種不一樣的感覺，長相也有點吸引人，但僅止於此，畢竟是陌生人。扯到戀情，小樂隨便找個男人就塞給她，眞是不負責任，她又不是濫情女。

Dylan 沒吃多少飯就喝酒，會不會眞的暈船了？

算了，不要想太多，只是把藥拿給一個可能正在暈船的人，沒什麼大不了。這是平常就會做的事，並非刻意關心他。珠珠放下手邊的工作，抓起藥，走出船艙。她沿著甲板四處找他。可是遍尋不到人影，不曉得他在哪裡？珠珠感到些微的失望，又返回船艙。

伴唱機修好了，這些人飽餐一頓後閒著沒事又拿起麥克風嘶吼起來。眞不虧是海人，肺活量大得不像平常人，音準也有待加強。幸好是在海上，否則會被取締噪音污染。她沒地方可去，只好接受噪音轟炸。反正，早就聽痲痺了。

然而就在這個時候，有一個小小聲音突破所有的噪音強行竄入她腦海。

妳需要找個人來愛，妳的約會遲滯期太久了。小樂的話迴盪在珠珠耳邊，並且容不得她面對自己的心聲還撒謊。

三年而已。三年確實是很久，可以開始讓三歲小孩讀幼幼班了。

不要再封閉自己的感情。不行嗎？礙到誰了？

我沒空談感情。因爲我不想受傷。

請妳找發育完全的男人。我目前的對象只有小朋友……。

沒有約會，煩惱就少了。可是多了空虛和寂寞。

妳根本是在搞自閉。受情傷的女子不能躲起來療傷嗎？

我早就忘了前段感情。沒忘，不過淡了許多。

那就談個速食愛情。好啊，男人在哪裡？

Dylan的臉就這麼唐突地跳進珠珠腦海，激起一大團絕對不算漣漪的東西。是水花。

他是個陌生人啊！一個陌生人竟然可以翻攪她平靜的心湖，難道她對感情的需求已經饑渴到隨便哪個男人都好的地步？

珠珠嚇了一大跳，不可思議念頭強烈地衝擊她。

「噢，不……」珠珠呻吟地把臉埋進雙手中。她眞悲哀。什麼時候變得這麼弱？是看哥哥和小樂這對歡喜寃家時產生的羨慕，還是看另一個哥哥爲愛神傷，自己也覺得這樣有礙身體健康？

珠珠雙手用力搓揉自己的臉直到自認心湖已死，喔不，已平靜，然後換上「我對感情沒興趣」的表情，說服自己：我目前有好多事要做，要準備教材教小朋友勞作，還有幾天後的「海洋祭」，要計劃好多活動，例如謝神、舞蹈、小朋友唱歌、營火、各家出六至八道拿手菜擺宴席，還有那個……那個 Dylan 該不會正在哪個地方吐吧？珠珠不禁有些擔心，眼角餘光到處找他。

然而，直到船靠岸爲止，她都沒看到 Dylan。

狄倫倉皇地下了船之後並沒有直接到鍾家，他在附近閒逛，一面查探，一面思索該如何說服鍾家人。

他的想法是……沒有想法。他根本心不在焉。

他本來有些想法，但遇到珠珠後所有思考能力全然喪失。

他從沒狀似敗兵般的逃離某事物，尤其是逃離……女人！？他一定是哪根筋不對勁。

也許不止一根，是很多根。總之，珠珠絕不是長得令人魂牽夢縈或美若天仙，如果是這樣還勉強解釋得通。她只是達可愛的程度，就這樣而已。

逃離可愛的女人？眞好笑啊。狄倫心裡譏笑自己。她並不美，但眼睛、微捲的頭髮、上面兩顆可愛的小虎牙、聲音……停！狄倫發現自己在回想吸引他的部位，趕緊停止踩煞車。同時告訴自己，這種可愛程度的女人不值得他逃。

也許他逃的原因跟她本人無關，而是她的身分，她是區長的女兒，對開發一案亦很排斥，在說服他們之前，應避免過多的接觸。

對，一定是這樣沒錯！狄倫總算找到理由。

現在他必須專注在博奕案。

他看過資料，龍濱區是一處簡單到乏味的普通小島。然而，才走半小時便發覺自己錯了；龍濱區是個顏色分明的好地方。藍天、白沙、青山、綠水——這裡有乾淨清澈的水溝，裡面竟然有小魚！眞是太稀罕了——和二層樓的紅磚瓦房，那些用貝殼、油漆、玻璃、塗上顏色的珊瑚、彈珠設計的牆面，使得房子不只是房子，是想像的延伸、夢境的表現。就連閒置的空地也有其自然的生命力，而非荒煙漫草。不知名的野花朵朵開，小蝴蝶翩翩飛舞，小蜜蜂四處忙碌。報告上寫得太過簡單，親眼看到才知其生動。

他對著一面圍牆看得入神。牆面的設計是海草向上飄揚，有顆大貝殼在其右下方打開，蚌肉上有珍珠，珍珠化成點點水珠冉冉上升，變成天空的星星。另外一面牆壁僅用黑（油漆）與白（海砂）構圖的牆壁，可能是下雪的黑夜或者抽象畫也很出色。還有一處空地，有一棵用漂流木做成的樹（或人？），以乾燥了的海草當頭髮，乍看之下，呈現被強風吹襲奮力抵抗的模樣，很有生命力，令人印象深刻。人行道的椅子造型是漁民撒網，捕撈的是坐在上面的人。有一口井，用綠色與透色玻璃瓶的底部裝飾水井外的壁面，在夕陽照射下閃耀白綠光芒。他走過去看，井裡有清澈的水。

狄倫拿出智慧型手機把看到的景像全拍下來。

他喜歡衝浪，到過許多海邊渡假勝地，但沒有一處像這裡靜謐中充滿藝術氣息。他看到的龍濱區是處充滿生命力的地方，絕非沉寂無生氣的漁村。

這些作品很新，都是島民們用心維護？眞不簡單。

「時間」在龍濱區是鬆散的概念，無任何嘈雜聲又有藝術氛圍，只要規劃好，很適合博奕及渡假。她讓人流連忘返。

牆面有一張大紅海報吸引了狄倫的注意。他趨近看，內容是：

「海洋祭」將於五月十八日舉行。

活動內容——

五月十八日：海泳（八時整）。

五月十九日：祭海（六時整）。

五月廿日：捉豬（八時整）、營火晚會（十九時整）。

海洋祭，五月十八日，就是四天後。難怪這些景像很新，爲了迎接這個活動。但，捉豬到底是什麼意思？

狄倫舉起手錶看，一點半了，該去拜訪鍾區長。他已經想好怎麼說，也不怕再次遇到珠珠的尷尬。他的來意是良善的。

狄倫理好自己的思緒，便充滿自信的舉步往前走。

今天天氣不熱，風很舒服，路上還有人跑步，他忍不住多看一眼。那人用沙袋綁腿而跑，背上還背著背包，裡面似乎也裝些重物。他心裡有些疑惑，但沒多想繼續走。

他一邊走一邊閉著眼睛感受風的吹拂，想像自己是隻逆風飛翔的海鷗，自由、優雅、勇敢的飛在海面上，飛呀飛……。

沒想到，他眞的飛起來了。他不曉得飛了多久，也沒有翱翔的暢意，只有痛！

飛到天空怎麼會痛？除非天空多了一堵牆他撞上它。

太扯了，天空沒有牆。

然而，痛楚是眞實的，痛得他睜不開眼睛。幸好耳朵沒事，隱約聽到有人緊張的說：

「我不曉得他怎麼突然出現……他有沒有死啊？喂！醒醒，你聽得到我嗎？他不是這裡的人……」這吵雜的聲音一直在他耳邊叫喊，他想叫那個人閉嘴，他沒有死。勉強睜開眼睛，他看到一團不明的陰影。他不禁膽寒，天使應該是一團亮光，不是陰影。或者，他已經在地獄，因爲他想改變龍濱區。

「我知道他是誰！」另外一個聲音尖叫。

我們要把殷狄倫丟進海裡餵鯊魚，哈哈哈哈……。

不，不要知道我是誰，不要把我餵鯊魚！

狄倫從昏迷中醒來，一下子不清楚自己在哪裡？他眨眨眼重新適應光線與對焦，觸目所及都是白色。難道他已在天堂？怎麼沒有天使？天堂不會痛，而他覺得好痛。狄倫發出呻吟，接著聽到隔簾「唰」地一聲拉開，有個身穿白衣的女子出現。

天使怎麼長得像護士？

「你醒了？記得發生什麼事嗎？你出車禍，沒有腦震盪。有什麼不舒服的地方等一下醫師接生完會過來向你解釋傷勢你再告訴他。」如連珠炮似的說完後又「唰」地一聲闔起隔簾。

他有什麼婦科方面的問題嗎？為什麼是婦產科醫師幫他看病？他想問卻痛得開不了口，他嘴巴骨折了嗎？他無法開口說半個字。

「唔……好痛……」狄倫下意識舉手摸痛處，未料，看到自己的手纏著紗布。

這時，隔簾「唰」地又拉開，出現三個人，兩個他認識，就是在船上認識的珠珠和小樂，另一個男的有點眼熟。他很高興再次看到珠珠，也看到她眼底的擔憂。她在擔心他。狄倫絲毫沒察覺到心中湧出的寬慰感。

「你還好嗎？」珠珠問，難掩臉上的歉意。

「呃……」狄倫想以男子氣概的姿態說他沒事，但只能發出嗚咽的聲音，活像重傷的狗。

「你知道發生什麼事嗎？」

狄倫輕輕地搖了一下頭，痛楚立刻升高，令他皺緊眉頭，閉上眼睛。再睜開時，珠珠已趨近眼前，說：「Dylan，你被我哥撞到了。」她指著身旁的男性。「就是他。」

狄倫眼睛不由得瞠開，不是因為想看清，而是震驚。

被鍾家人所撞……，真是一個好的開始啊……。

「你沒有什麼大礙，但我們會負責到底！」珠珠加重語氣強調最後一句，同時拿出手機。「你有沒有想通知誰來，我幫你聯絡。你說。」

狄倫微微舉起左手，搖了搖。

「不用聯絡誰……，可今晚你得住醫院，這樣好嗎？」

小樂說：「最後一班船早開走了。他需要有人負責看顧他。」她斜眼瞅著鍾海勇。

他連忙指著自己問：「我……我嗎？」

「撞人的好像是你喔。」

「是他突然出現，我來不及煞車。而且……我好像看到他閉著眼睛走路！」

「你別講推拖之詞，誰會閉著眼睛在路上走？我看分明你不想負責任才會這麼說。」

「我不會不負責任！」鍾海勇不願人格被汙衊。「我真的有看到！」其實只是一瞬間，他也不確定。

「不管誰對誰錯，撞人的是你，躺在病床上的人是他，你當然有責任。」

「可是……我……他……」在小樂強勢態度下，鍾海勇一句話也講不全。他誰都不怕，只怕小樂。

小樂洞察的說：「我知道你不想照顧男人。你不照顧誰照顧，難道我嗎？」

「不准妳照顧他！」

鍾海勇把目光調向珠珠求救，此舉惹得小樂不悅，立刻用手肘撞他的肋骨。「虧你還是我男朋友，氣死我了！」

鍾海勇抱著胸部，苦著臉，「別這樣，如果躺在床上的是妳，我一定會照顧妳。」

「你詛咒我!?」

「妳誤會了，小樂……」鍾海勇簡直是妻管嚴的最佳典範。

眼看小樂要在醫院發飆，珠珠趕緊說：「好啦好啦，你們都別吵。我來照顧他。」

誰也沒注意到，狄倫的嘴角微微向上抽動。

「謝謝妳！珠珠。」鍾海勇打從心底感激。

「醫藥費你要負責，如果還有其它費用也一併算進去。包括他的看護費。」

「爲什麼要看護費？」

「我……」珠珠難以啓齒的說：「我最近花了不少錢買教學的材料，錢不夠……」

然後高傲的抬起下巴，一副就地起價的神情，「反正要不要一句話。不要拉倒。」

「沒問題！我付。」鍾海勇忙不迭的答應。

這時，醫師輕快的走進急診室，神情愉悅的說：「大家恭喜我吧！」

「藍醫師高興什麼事？」小樂問。

「我第一次接生雙胞胎，母、子、女均安！」他把手掌攤開，準備接受眾人的掌聲，但沒人鼓掌，只有護士順勢遞上病歷放在他的掌心。

「是梅莉的龍鳳胎嗎？」珠珠驚喜的問。得到藍醫師點頭的答案，她和小樂興奮得不得了。「我好想看看他們！我們現在就去。」

「好，我先去！妳明天再去。拜拜。」小樂說完逕自跑了，鍾海勇也緊跟在後，留下錯愕的珠珠。

「你叫什麼名字？」藍醫師低頭問狄倫。

「唔……」狄倫看到一張和他差不多年輕的臉孔，很黑、很陽光，活力十足的樣子，像運動員或水電工，完全不像醫師。他們不會隨便找一個水電工披上白袍充當醫師來醫他吧？

「他叫 Dylan。」珠珠代爲回答。

「Dylan，譯音就是『狄倫』。」他在病歷上寫下，歪打正著。「妳認識他？那我怎麼辦？」藍醫師很驚愕的反問。

聞言，躺在病床上的狄倫莫名奇妙地焦慮了起來。

他是妳的什麼人？狄倫想大聲質問。

「今天在船上遇到的，根本不算認識。」

珠珠沒有回答藍醫師第二句問話，這讓狄倫更急了。

「他是遊客？」

「大概吧。」

「不要隨便對陌生人動心啊。」藍醫師好心規勸。

「藍醫師……」珠珠口吻無奈的歎道：「你說到哪去了？我沒有。」

沒有對他動心？狄倫感到傷勢加重。

受傷使人變得脆弱，神智不清。她竟然對他一眼感覺都沒有……怎麼會這樣？他很喜歡她的眼睛，她的牙齒，她的手，她的頭髮以及嬰兒肥的臉頰……這一刻，狄倫絲毫無自覺放任自己的想法漫天無際地亂飛，全繞著珠珠轉。

「沒有就好，要不然看妳怎麼對我交待。」

「厚！我不要理你了。」

對，沒錯，不要理他。又接生又接骨，什麼爛醫師。可你們這樣打情罵俏又算什麼？

「妳不理我，我會傷心。」

「你是醫師，心破了自己縫。好了，不要再開玩笑了，快看看他怎麼樣了，待會兒我還要打電話告知他家人。」珠珠擔心的問：「他要緊嗎？」

「妳這麼關心他我會吃醋喔。我不醫他了。」他索性闔上病歷。

「唔……」珠珠咬牙，自喉嚨發出野獸生氣的吼聲，好像要把他吃掉。「藍醫師！」

對，反擊他，讓他屍骨無存。狄倫用虛弱的眼神支持她。

「好吧。」藍醫師不情願的翻病歷，「右手、臉頰和下巴有挫傷，暫時無法咀嚼，可以讓他吃點流質食物。沒有腦震盪，如果會吐或痛得受不了時可以向護士拿藥。」

「他要住很多天嗎？」

「先住一晚觀察看看。」藍醫師俯身問狄倫：「你感覺疼痛嗎？」

你被撞看看會不會痛？白痴。

狄倫翹起左手揮一揮。他要趕快離開這個鬼醫院。

「很好。祝你早日康復。」然後轉身珠珠問：「妳要照顧他？」珠珠點頭代替回答。

「他沒事的，妳可以回去了。」

閉嘴！你這個爛醫師，不要你管，她已經答應要看護我的。狄倫想吼他。

「我答應我哥要看護他。」

「這孤男寡女共處一室，嘖嘖，我不放心。」

「好了，不要再開玩笑了！」珠珠用趕人的語氣說：「快去忙你的事。」

一旁的護士大聲提醒：「藍醫師，你還有一個誤食石頭魚而中毒的病人喔。」

「這島上的人眞是無所不吃，永遠學不會教訓。」藍醫師嘆了一口氣。「好吧，下次再跟妳聊，珠珠。」然後走出去。

珠珠俯視狄倫，說：「醫師的話你都聽到了，你沒事，不用擔心。今晚我會照顧你。不過，我還是要爲這一切道歉。如果你想罵人，可以等好了再罵。」她滿臉歉意地說，吐了吐舌頭。

看她俏皮的表情，狄倫有什麼氣、什麼痛都消散了。他不可能會罵她的，又不是她的錯。就算是她撞的，也不怪她，只要她肯照顧他。不過，那個爛醫師到底是她的什麼人？

狄倫想開口問，但一股新倦意襲來，他只好懷著不安的心情入睡。

珠珠見他閉上眼睛，心情暫時不緊張了。

當她接到小樂打來的電話，說小哥撞到他時，她受到不小驚嚇。趕到醫院一看，果眞是他。接下來她就開始擔心。雖然護士說沒什麼關係，但他沒醒來她怎麼也無法安心。直到藍醫師解釋傷勢無大礙她才放心。

她幫他把被子蓋好，然後看到他臉上乾了的血跡和藥漬。她向護士要了些紗布用溫水沾濕，輕輕地擦拭髒垢。她再檢查一遍，沒有特別需要照護的地方，遂找了張椅子在病床邊坐下。她盡量靠近他，也許他需要她。

第三章

五月十五日　星期一

狄倫再次醒來——其實他整夜睡睡醒醒，滿身不舒服。每次都可以看到她在旁邊，一聽到他的動靜她馬上起身查看，問他哪裡不舒服。有幾次真的不舒服，她就用冰水幫他冰敷，然後重又睡著。

可是，這次醒來他沒有看到她。去哪兒了？不管他了？狄倫感到不滿。她真是不負責任。

才想著，珠珠就出現了，一臉笑意盎然。「你醒了？感覺如何？肚子餓不餓？」她一連串的發問，然後拎高一個提鍋給他看，說：「剛才我哥送來熬好的粥，吃點吧。」

「……好。」他餓死了。

「你可以說話了，太好了！」珠珠很高興，一邊盛粥一邊問：「你記得發生了什麼事嗎？」

「記得。……我被撞了。」那不知道是什麼粥，味道好香。

「你想聯絡誰呢？」

「誰都不用。我好餓……。」

珠珠把碗端給狄倫，一時忘了他無法自己進食，「我餵你。來，小心燙。」她用調羹翻了翻粥，呼呼氣，再慢慢的送進他嘴裡。起初他覺得丟臉想自己吃，不過就和天下所有男人一樣，很快就適應被人呵護的感覺。「這是我媽用魚骨頭熬的粥，從昨晚用小火慢慢熬，很有味道也很營養。每次我們家有誰生病，她都會用魚骨頭熬粥給我們吃，加點芹菜末和香油，胃口不好的人都可以吃上三大碗。」

狄倫正在體會中。

「妳眞幸福。相信嗎，我父親每天早上也都會喝粥配小菜。我媽多次問他爲什麼愛喝粥，他都說：粥好喝。不過，他嫌家裡的粥沒什麼味道。」他含糊不清的說。嘴巴痛，又要吃東西又要講話眞不容易。

「白粥當然沒味道。」珠珠笑說。「要你媽媽每天熬粥也會煩的。」

「我媽從來不下廚，是家裡的廚師做飯煮菜。」

「你家有廚師？」

「……欸……。」他含糊的應一聲。說多了。

家裡有專門煮菜的人，想必他是有錢人吧，珠珠心想。忽然覺得接不上任何話，兩人就在靜默中把整鍋粥吃完。

「謝謝妳。」

「應該的。」珠珠把碗匙收進鍋中。「你現在覺得怎樣？」

「我沒事。」情況有點亂，他需要重新整理理一理思緒。包括她在內。來到龍濱島後他變得怪怪的，……他感覺有一些舊的東西流走了，新的事物加進來……。

「你眞的不需要我聯絡你的家人，父母或……老婆……？」珠珠審愼的說。

「我還沒結婚。」

「那……女朋友呢……？」

狄倫反射性的搖了搖頭。隨即錯愕，他怎會搖頭否認？

「喔。」珠珠心裡鬆了一口氣，不知是慶幸不用面對他家人的質問或別的……。她發覺自己好像無法正常思考，對他有許多有的沒有的的情緒。眞討厭。

「珠珠，妳怎麼還在這裡？快回去。」

珠珠堆滿笑臉打招呼。「早安，藍醫師。」

一看到藍醫師，狄倫馬上扳起嚴肅的臉。他怎麼又來了？也好，他要弄清楚他們兩人的關係。

「你好。我是藍亦群醫師，是急診室醫師，主治內科，偶爾也看別科。狄倫先生，你現在覺得如何？」

狄倫瞪著他。「我很好。」腳有點痛但忍得住，不會示弱。

「來龍濱很好啊。不過，我們這裡的海浪很強，可不要隨便下海。」

我從來不怕強浪，你這個爛醫師，我看你根本不會游泳。在狄倫眼裡看來，藍醫師的話充滿戲謔與挑釁。他沒說話，眼睛直視著藍醫師。

藍醫師看到狄倫在看他他也回看狄倫，兩人的眼睛就這麼對上，接著藍醫師往前一站，拿出手電筒，彎腰對著狄倫的眼睛照光，說：「跟著光移動視線。」

「藍醫師，他怎麼了嗎？」珠珠擔心的問。

「我以為……」藍醫師聳聳肩，「沒事。檢查一下而已。」然後，對狄倫說：「你等一下就可以辦出院手續。」

「我幫他辦。」珠珠說。

「沒關係。」

「應該的，是我們撞傷你。」珠珠歉然的微笑。

「眞的不用，我也有不對的地方。珠珠，其實我是——」

狄倫正要解釋卻被一群人打斷。他認得懷抱著一束花的小樂，其他人僅在報告中「見過」。

「爸爸。」珠珠站起來。

來了！狄倫望著他們，整個人進入「備戰」狀態。

鍾鎭亥朝狄倫伸出手。「你好，我是鍾鎭亥，龍濱區的區長。很抱歉在這種狀況下認識你。」

「請別這麼說，鍾區長。」狄倫亦客氣地伸出包紮的右手與他相握，隨即又改成左手。「我早該來拜訪您。」

鍾鎮亥一聽，很是意外。「哦，怎麼說？」

「因爲他是殷氏企業的殷狄倫。」接話的人是鍾海智，說完便直接轉身離開急診室。他的話猶如一把散彈槍擊在各人身上，產生各種不同的震撼，有人持疑，有人觀望，有人警戒，也有人不信，表情各異。

「二哥，你說他……是誰？」珠珠遲疑的問。

「他是殷狄倫。常來煩我們的梁經理的『老闆』。」鍾海仁強調的說。

鍾海勇雙手抱胸，用期待已久的口吻，道：「哦，總算來了個重量級的人物。」

小樂一臉驚愕的表情，把眼珠子瞥向珠珠。珠珠悄悄地移到鍾鎮亥身後，緊抿著嘴唇。小樂向珠珠挨近，「妳怎麼沒認出他？」

「我怎麼會認得？照片跟本人又不一樣，他看起來比較黑、比較高、比較……」「帥」這個字差點說出口，珠珠惱怒的說：「哎喲，很煩耶妳！」

狄倫自然注意到珠珠的轉變。

會在醫院見到鍾家人是預料中之事，狄倫剛才正想向珠珠表明眞正身分，想不到半途殺出程咬金，此刻不管說什麼都遲了。

鍾鎮亥是見過大風大浪的人，並沒有被狄倫的身分嚇到，他和顏悅色的說：「來者是客，這位客人還不小心被我們所傷。真是不好意思，殷先生。」

狄倫忙道：「是我自己走路不小心。」

鍾海勇叫起來：「你們聽！果然是他自己不小心，不是我撞他的。」

「是啊，我們的路面會自動掀起來貼在他臉上。」小樂好沒氣的說。

「我們龍濱小巷小弄，不時有擦撞事件，希望殷先生別介意，我們會負責你的醫藥費。」鍾鎮亥誠懇的說。

「鍾區長請別這麼說。我本打算參觀完龍濱區的美景之後再去拜訪您，結果發生此事。」狄倫無怪罪之意。「藍醫師說隨時可出院。」

鍾鎮亥轉頭詢問：「藍醫師？」

藍醫師聳聳肩。「臉部輕微挫傷，無大礙。沒有腦震盪。右手有擦挫傷，過幾天就會好。」

鍾鎮亥對三兒子說：「阿勇，你去繳費。」

「什麼？我……」見父親暗示性的眼神，鍾海勇只好乖乖去繳費。

「殷先生——」

「鍾區長叫我狄倫就好。」

鍾鎮亥雙手背在背後，賞識地點點頭，微笑道：「也好，這樣說話比較自在。有什麼話我們待會兒再談。」

「那更好。」說完，狄倫準備起身下床。沒想到腳一沾地就疼痛得差點站不住。

鍾鎭亥離他最近，趕緊伸手扶他。藍醫師蹲下來檢查他的腳，轉一轉，動一動，弄了好一會兒，狄倫的表情也漸漸輕鬆。藍醫師說：「只不過腳踝扭傷。回去後先冰敷，好點之後再熱敷。」

「珠珠，妳去推張輪椅過來。」鍾鎭亥吩咐，珠珠依言轉身借輪椅去。

小樂跟著走珠珠。「喂，這束花怎麼辦？」

「扔到垃圾桶！」

那束花就這麼進了「不可回收」。

「我可以用走的。」狄倫連忙拒絕。再沒有任何事比這更尷尬了。

「別逞強，站不穩跌在地上更難看。」藍醫師說話直接坦白。

「藍醫師真愛說笑。」鍾鎭亥呵呵一笑，對狄倫說：「我聽說你喜歡海上運動。我相信喜歡運動的人很快就會恢復健康。」

鍾鎭亥替狄倫緩頰，狄倫感受在心，卻也不禁想：他們甚至知道他喜歡海上運動。他們對他瞭解多少？從何處知曉？

「聽說龍濱區的海浪強，很希望能親自體會。」狄倫說。

「對大海尊敬點，千萬別心存僥倖。」鍾海仁板著臉孔說。

「沒有任何東西能超越大海。」這是狄倫的終極答案。

鍾鎮亥輕微點點頭。

珠珠推著輪椅過來，把它停在狄倫面前之後又退回父親身後，假裝看別處。

狄倫不靠任何人的幫助，一跳一跳的坐進輪椅。他認爲最糟的狀況已經過去了，最現實的現況就是得坐輪椅，不坐不行了。

「珠珠，妳幫狄倫推。」鍾鎮亥命令。

珠珠明白抗議無效，只好心不甘情不願的走到輪椅後面。鍾鎮亥謝過藍醫師後，一行人離開了醫院。由於鍾家距離醫院並不遠，他們慢慢步行回去。無意奉陪的鍾海仁逕自離開。

被迫坐在輪椅上的狄倫知道自己目前的處境和立場對他不利，既然沒有好的開始，從哪切入都不重要了，不如……

「鍾區長，我有一事相求。」

聞言，大家都豎起耳朵聽，以爲他要直接在路上談博奕案。

「什麼事？」

「我想暫居府上。」

話一說完，所有的人莫不瞪大眼睛，面面相覷。

「你這臭小子，把我家當民宿呀！？」鍾海勇掄起拳頭，一副要揍人的模樣。

「你的要求很不尋常。可以解釋一下理由嗎？」鍾鎮亥問。

狄倫尷尬一笑，坦白的說：「不瞞您，我本來應該在今天送一份『大禮』給我父親當退休禮物——」

「這麼狂妄，你眞以爲一天就能說服我們啊！？」鍾海勇嗤之道。

「看樣子是不行，我也不好意思回家見他。」

「那也用不著住我家。我相信你有很多地方可去，例如某位名模！」鍾海勇揚聲道。一定是蘿拉，珠珠心想。哼，他還騙她說他沒有女朋友。這可惡的臭男人！「爸，我們家沒有多餘的房間喔。」她好沒氣的提醒道。

「若大家不反對的話，我想趁留在龍濱區的這段時間多多瞭解這塊土地。」

「這段時間？你想留多久啊？」鍾海勇詫異地問。

「直到我瞭解龍濱區。」

「你去找『谷哥』瞭解，不需要住我家。我家不歡迎陌生人。」

「我相信你們對我並不陌生。」他確信如此。

「別臭美，我們不想認識你太深。你不是好人。」珠珠瞪著他的頭頂說。

狄倫低頭，嘴角苦笑，眞懷念半小時前那位可愛、溫柔的珠珠。

「我是不是好人不能光憑報章雜誌來判斷，要相處過才知道。」

「你的來意不善。」珠珠說。

「我的來意已宣告失敗。」狄倫嘆。「現在的我充其量是個不小心受傷的遊客，想過夜卻無處可去。鍾區長，您覺得呢？」他現在在賭，鍾鎮亥會答應或拒絕。

鍾鎮亥直視著他的眼睛未發一語，但看得出他很認眞的考慮這件事。其他人很怕他會答應，紛紛用毫無掩飾的著急和不贊成的態度示意他。

「龍濱一向很歡迎遊客，狄倫。」

「什麼！？爸，你答應？」鍾海勇跳起來。

「爸！」

鍾鎮亥不容置喙地說：「就這樣了。」顯然，大家長有自己的想法。

「那他只能睡外面。」鍾海勇在後頭暴跳如雷。

珠珠拋下狄倫跑到鍾鎮亥身邊，急促的說：「爸，你應該考慮大哥的感受。那個人有女朋友了，而他的女朋友是——」

鍾鎮亥轉過頭，溫和的打斷女兒的話：「珠珠，別怠慢客人。他住家裡的這段期間妳要負責他所有一切，帶他到處看看，充分瞭解龍濱。」

「我？」珠珠倒吸一口氣，氣急敗壞的問：「爲什麼是我？」

「照顧人方面，妳哥哥們不可靠，只好麻煩妳了。」

鍾鎮亥突然做這樣的決定任誰都想不到，珠珠縱有百般不解、不願也只能聽令行事。

狄倫更沒想到自己無計可施的情況下提出來的無理要求竟然獲得同意，順利住進鍾區長家中。天氣多變化，世事難預料，或許，事情會有不同的轉機。

始料未及的人還有鍾林明子。

「鍾夫人您好，我是狄倫。打擾了。」

「咦，你不就是……。呃……歡迎你。」鍾林明子愣愣地盯著狄倫的臉看。

「明子，拿棉被和枕頭到客廳。」

「是。」

鍾鎭亥轉身對狄倫說：「抱歉，家裡沒有多餘的房間。」

「出門在外，隨遇而安。」

「珠珠。」鍾鎭亥叫住正想溜走的她。「妳帶狄倫出去逛逛，順便買點他需要的東西。」

珠珠只好又折回來推著狄倫出門。

因爲心裡有氣，她將輪椅速度推快得像火車，顚簸得像板車。

「幸好我不是老人。」狄倫的聲音不可控制地顫抖著。「妳在生氣？」

「你騙我，說什麼隨便看看，你根本是來談博奕。」

「那時候妳給我的選項只有『玩』和『找人』。」

「而你給我的答案是『隨便看看』。」

「好吧，我是騙了妳，」狄倫坦言，舉雙手投降，「是我不對。但妳幹嘛那麼生氣？」

「你在我家並不受歡迎。」珠珠齜牙咧嘴的說。「你爲什麼要來？公司沒人才了是不是？」

「可以這麼說。」狄倫苦笑。

「我眞的不懂你爲什麼要住我家？你在盤算什麼？以爲住進來就能說服我們——」

狄倫打斷她的話，「我們彼此應該多瞭解。瞭解之後，就不會有誤會或……」他往後斜瞄她，「成見。」

「知道自己惹人厭還來。你確定頭殼裡裝的是腦子？」

「我想多瞭解龍濱區。拜託，推慢點，我是傷患。」

珠珠勉爲其難放慢腳步。

「……你眞的不應該來的。」她突然語重心長的嘆道。

狄倫沒發覺，逕自搖頭道：「妳的『排外』情節眞嚴重，嘖嘖。好像怕別人發現寶藏似的。」

「胡說八道。龍濱又不是金銀島，哪有什麼寶藏？」

狄倫聳聳肩，不置可否。

「快推我去買點日常用品，我已經兩天沒洗澡了。」狄倫催促道。

「你把我當傭人？」珠珠不悅道。狄倫高高舉起包紗布的手，她啞口無言。

明明是三哥闖的禍，爲什麼是她照顧他？珠珠感到生氣與無奈，卻不能把狄倫丟在路邊不管，只好認命般地推輪椅。

他們沿著街道走，很快就有人問：「珠珠，那個人是誰呀？」

「妳怎麼當起看護啦？」

「珠珠啊，那是妳男朋友啊？」

珠珠不曉得該回答什麼，尷尬地一笑帶過。

「珠珠，妳是美術老師嗎？」狄倫忽然問。

「吭？不是。」

「在船上，我看到妳買的那些東西，好像是給小朋友玩的勞作。」

「是給小朋友的沒錯，老師們開會時我會準備些好玩的事情給孩子們動動手、動動腦，但我不是老師，只是對美術有些興趣。」珠珠解釋道：「我是志工。」

「眞的？」

「幹嘛騙你？」

「沒其他老師？」狄倫問。

「我們不但沒有美術老師，沒有音樂老師，也沒有代課老師，有些老師身兼數科。多數正職老師沒待多久就離開了。」珠珠苦笑著說：「我們一直在缺老師……龍濱太偏僻了。」

「嗯，這確實是個大的問題。」他認眞的說。

「很少老師願意到這麼偏僻的地方教學，既使有，也待不久。」

「如果你們願意開放博奕就會改善情況。」狄倫說。

「你再提博奕我現在就把你推下海。」

「唉，妳眞是固執得可以。」狄倫搖搖頭，「妳男朋友怎麼受得了妳？」

「我沒有男朋友。」

狄倫試探地問：「藍醫師不是嗎？」

「當然不是！」珠珠揚高音調否認。「他已經結婚了。」

「那他在急診室裡對妳說的那些話……？」

「什麼話？」珠珠骨溜溜的轉了轉眼睛，「喔，那些話啊。藍醫師很愛開玩笑的。」

狄倫稍稍放了心。不過，他的嘴巴並不想就此打住。

「難怪妳沒有男朋友，或許因爲太固執。」

「閉嘴，不關你的事！」珠珠不悅地用力震動輪椅。

「我甚至懷疑妳交過男朋友嗎？」

「誰沒有交過？你以爲只有你有，別人就沒有。自大狂！」珠珠氣得想將他推進海裡——反正離海岸線不遠。

狄倫回頭看她。「看妳這麼生氣，那段感情結束得不愉快？」

珠珠緘默不語，但態度已說明一切。
「我道歉，勾起妳不愉快的回憶是我的錯。」
見狄倫語氣誠懇，珠珠也不想追究。
「算了，反正事情都過了。各人頭上一片天，我現在也很開心。」
「好樣的。」
「好了，到了。」他們來到莎利亞百貨行前面。「你需要的東西都可以在這裡買到。」
狄倫從皮夾裡掏出紙鈔交給珠珠。「有勞妳了。」
珠珠看著紙鈔，再看看一臉笑意的狄倫，他指指自己的腳和手，不言而喻。她悻悻然的奪下錢，轉身進去幫他張羅簡單的生活用品。
她挑東西完全不看價錢，反正錢是他出的。天曉得他要住多久？因此，除了衛生棉，她胡亂抓了幾樣他可能需要用到的物品。
當珠珠走到結帳櫃時，老闆娘不禁對她買的那些東西感到好奇。尤其當她看到男用內褲時，她拋出的詢問眼神已經讓珠珠招架不住。
「我幫別人買的。」。
「門口那個嗎？」
「是啊。」
老闆娘眯起眼睛再三打量狄倫，然後問：「那個人不就是……？」

好眼力。「就是他沒錯。」

「噢。」老闆娘頻頻點頭，一邊結賬一邊問：「他來這裡做什麼？」

「猜猜看。」

「該不會又是爲了博奕？」

「肯定是。」珠珠頓了一下，問：「……以翔沒告訴妳任何事嗎？」

「沒有。」老闆娘搖頭。「有時候回來了也沒有進來看看我。」

「他回來過？」

「嗯。匆匆回來，匆匆離開。」老闆娘納悶的問：「他住哪？該不會要住在妳家吧？」

眞會猜。「只有幾天而已。」

「誰准的？」老闆娘詫異不已，「其他人不會有意見嗎？」

「他開口要求，爸就答應了。」珠珠無奈道。「抗議無效。」

「是嗎，那他的膽子可眞大！不愧是大老闆。」老闆娘用佩服的口吻說：「不入虎穴，焉得虎子。」

「他跟我們說他想多瞭解龍濱。天曉得他要瞭解什麼？」

「老闆們的思維就是與普通人不一樣。」

珠珠斜睨著她，「別用這種崇拜的表情看他，他會驕傲的。」

「他又沒在看我。」

「問題是妳在看他呀。」珠珠不表贊同的說：「用那種眼神！」

老闆娘奇怪的反問：「不行嗎？」

當然不行！如果可以的話，她想用家裡的擴音器大聲廣播：

敵人來了、敵人來了！抄傢伙出來！

珠珠知道老闆娘純粹欣賞狄倫的膽識，別無他意，但她就是不想有人「欣賞」他。

老闆娘結賬到最後一件物品時，「S號？太小了。」見珠珠裝作毫不在意卻又臉紅的樣子，她啼笑皆非的把紙內褲遞回給她。「去換件XL號的，免得他穿著不舒服。」

「奇怪了，他穿得舒不舒服關我什麼事啊。最好緊死他。」珠珠邊走邊叨唸，白眼翻到天花板。

狄倫在門外等待珠珠時，偶爾有人經過用陌生及困惑的眼光看他，他投以友善的笑容回應他們的疑惑。會有這樣的情形是正常，他確實是陌生人。要如何從陌生人變成熟人？唯一的辦法就是和當地居民打成一片，和他們混熟了就不再陌生。沒有距離，要談什麼事都好談、容易談。至於最終有沒有結果？他只能做最好的準備，最壞的打算。這點在來的路上已經有體認了。

可是要如何融入他們呢？

被撞之後他曾考慮假裝暫時失憶，混入他們，一切從新來過。不過，失憶很難裝，得「忘掉」很多東西，一不小心就有穿幫之虞，恐怕弄巧成拙，因此踢除掉這個爛梗。

就在那時候他被迫坐輪椅……其實腳沒那麼痛。

不過，既然已經山窮水盡無路走，把三分演成八分讓事情順利進行又何妨？這樣才有助於開口要求住進鍾區長家，也可明正言順的當個想瞭解龍濱區的遊客。然後，讓珠珠繼續「照顧」他。

這個女孩眞有意思。翻臉比翻書還快，前一刻溫柔可人，下一刻凶巴巴，喜怒哀樂形於色，毫不掩飾對他的厭惡。與那些小心翼翼討好他，像閃閃發亮的人工寶石般的都會女子完全迥異。此趟不來龍濱區他還不知道自己在她眼中竟如此惹人嫌、不值一哂。這點著實傷了他男性自尊心。

她確實有著「什麼」吸引著他……。嗯，她究竟是顆普通海石還是深海珍珠等著人發掘？以後就知道了。這個地方有這麼個有趣的女孩相陪也是不錯的。即使她非常不情不願。

總而言之，狄倫想留下來的動機，有一大半是因爲公事，一小半是私事。

到目前爲止，此行所有事情發展跟他原來預料的完全不一樣，但未到最後不見得失敗。要開創新的局面就是了。

想到要說服一整座島的人民，就令他腎上腺素上升、全身血液沸騰，躍躍欲試。這是一件大挑戰！狄倫睜大眼睛，彷彿看見目標物在眼前，俯衝、撲抓……。突然一團重物落在他膝上。

狄倫定睛看，是購物袋。

「溫柔點，像在醫院那樣。好嗎？」他哀求那個可愛女孩快回來。

珠珠冷哼道：「你又不是我的誰，幹嘛對你溫柔？」

「如果我是妳的『誰』就會溫柔的對我，是嗎？」狄倫用力演出恍然大悟的表情，道：「在醫院，妳還不知道我眞正身分之前，妳很溫柔的對我，難道那時已把我當作了……『誰』？」

「我才沒有！」珠珠慌得連忙否認，心虛的紅了臉。

「唉，我們爲什麼不能有個好的開始呢。」

「跟誰？」她珠珠作驚訝道：「敵人？」

「狄倫。」他更正她的名詞。「我。」

「我不認識。」珠珠故意說，然後推輪椅離開。「以後也不想認識。」

「總有一天會認識的。」

「那一天就是海枯石爛。」珠珠決絕的說。

「下一句就是至死不渝。那是結婚誓詞。」狄倫逗她：「我不曉得妳已經想那麼遠了。不過，我願意考慮。」

珠珠發現自己說錯話，收不回來，只好撂下一句：「神經病。誰理你呀。」

狄倫暗暗嘆了一口氣。

「那面牆是誰的作品？」他指著左前方的一堵牆問。那面牆以藍色油漆爲基調，用橘色馬賽克拼出一條長了翅膀的大鯨魚。

「是島上小朋友設計、製作。主題爲『飛翔』。」

「妳指導的？」

「孩子們天生是藝術家，提點一下就通了。你看腳下的人行道。」

狄倫低頭看。這條人行道是紅磚步道，有一連串用葉子形狀當主題的地磚鋪在中央，使走路多了一份樂趣。還可以認識植物。

「重新鋪設步道時，我請小朋友發揮想像力幫我設計。」聊到美術，珠珠就開心地介紹。

「嗯，眞的不錯。」

「爸爸給我一項任務，要我負責美化龍濱以便迎接『海洋祭』。」

「那是什麼活動？」

「感謝海洋賜給海人們豐收與平安，並期望來年有更好的收獲。」

「感恩的心。」

「我們島上的居民多數以補魚爲業，從而衍生這特有的習俗。」

「我猜，應該沒有多少人知道吧。」

珠珠聳聳肩，壓根不在意外人知情與否。「今年會很熱鬧喔，爸請了戲劇團、民俗技藝表演。」她興奮的說，「在那之前，所有美化龍濱的工作都交給我負責。」
「難怪它們看起來很新，原來是新作的。」
「我們每年都會爲了『海洋祭』而翻新，並非只有今年才這麼做。可以在圍牆、房子、地上恣意畫畫，孩子們相當雀躍！我只要提供材料給他們，他們可以做出大師級的作品。」珠珠激動的語氣中透露出對孩子們的信心與肯定。
狄倫忍不住回頭注視著珠珠，她眼中的神采十分耀眼。她是一位非常認眞工作的女子，也是很好的美術指導老師。
「這些小朋友何其有幸有妳。」
「可我並不是眞正的老師，這樣教他們也不知對未來有何幫助？」她坦言道。「我希望有個眞正的美術老師來龍濱教他們。」
「一定會有的。」
「廢話，當然會有，但都待不久。」
「妳知道問題出在哪嗎？」
珠珠不悅的打斷他的話，「不要再說了，我知道你接下來要說什麼。你要說——」
「聽我把話說完！」這次狄倫不客氣地打斷她的話。珠珠心有不甘，只有瞪大眼睛暫時噤聲聽他說。「交通不便、建設不發達這些都是事實，妳不得不承認。想想看，遊客要來這裡玩卻沒地方住，肚子餓卻沒地方吃東西，全島只有一間雜貨行，沒有可供休閒娛樂的地方。在我看來，你們擁有最美的景觀，好山、好水，但同時也是一個無法滿足食衣住行育樂等基本需求的地方，外地人很難待得長久。」

聽到狄倫如此赤裸裸的分析，珠珠幾乎惱羞成怒得想把他丟在路邊不管。然而，心裡那股理智的聲音告訴她：他說得沒錯。連島上的年輕人都迫不及待出走，何況是外地人。不能因爲他說了實話就丟下他不管，那算惡意遺棄。珠珠深深吸了一口氣，再重重吐出來。

「……你說得沒錯，狄倫。龍濱是個好山、好水、好無聊的地方。她有自然美景，海洋賜予的資源，但這些無法滿足所有人。」

見她態度軟化，狄倫不再多說什麼。凡事點到爲止就好。

「可是妳沒有離開，留下來了，而且致力於美化龍濱區。」他說。

「嗯哼。」

「我想妳對龍濱區的熱愛一定大過任何一切。雖然我不懂她有什麼地方吸引妳，不過留在這裡的這幾天我可以好好觀察、體會。」

珠珠對他的「知心」感到意外與高興。心裡對他的提防不由得少了一點，好感多一點。

「好吧，那麼愛看就讓你留下來看。或許最後你會改變心意，不再動龍濱的歪腦筋。」

狄倫將左手往後伸至肩膀。「那我們是朋友囉？」

珠珠猶豫著……，最後伸手與之相握。「歡迎你來龍濱玩。」

「謝謝。」她的手還是很有勁。他幾乎想跟她比力氣。

珠珠察覺到狄倫握太久，趕緊把手抽回來，並慶幸他沒看到她的尷尬。

「妳願意帶我到島上逛逛嗎？」

「當然，這是我的責任。」珠珠無奈的說。「你想先看哪裡呢？」

「妳帶路。」

「可惜你腳受傷了，不然就可以到沙灘走走。我們的『星沙沙灘』很美。海浪很順的話還可以衝浪。」

「我等不及想衝浪。」

「我們島上的男人都會去那裡衝浪，比賽看誰的姿勢最流暢、誰待在浪板上的時間最長。」

「這裡的海浪有『藍洞』嗎？」那是種大浪捲成一圈的空間的名稱，也有人稱「藍色隧道」。

「颱風來時你可以去試試。」她揶揄的說。

「我很快就會好起來。」他保證明天就會痊癒。

「你最好快點好起來，我不能一直推著你。更何況我還有課要上。哎呀，我差點忘了！」珠珠懊惱的說：「下午就有一堂課。看樣子，我得請假了。」

「妳可以推我去。」

「眞的？你不介意？」

「當然。」要不然他還能怎麼辦？待在她家更無聊。「我們先把腿上這包東西拿回家，吃個中餐，然後再帶我去學校。逛學校也算是不錯的約會。等妳上完課，有時間了，我們再去其它地方看看。」狄倫愉快的說。

「也好。」珠珠慶幸不用請假，很快將他推回家。

這頓「午餐歡迎會」除了鍾家二老和珠珠，其他三位哥哥——想也知道——都沒來。午餐很棒，有媽媽的味道，狄倫好胃口吃了三碗飯，大力讚美林明子的廚藝。她含蓄的笑著，夾了塊魚排放他碗裡鼓勵他用餐，狄倫讚美得更用力了。整頓飯就屬他們兩個吃得最開心，簡直像離家許久的兒子返鄉，母親拼命往他碗裡添菜。

珠珠一邊吃一邊從眼角觀察他們。媽是怎麼回事？只因爲有人讚美她的廚藝？她也常常讚美呀，幾乎每餐都讚美。算了，或許因爲他是外人吧。眞狗腿！

飯後，狄倫和鍾鎭亥泡茶閒聊，珠珠在樓上整理要帶到學校的物品。看著數袋材料她暗暗嘆口氣，這次購買的東西並不齊全，最貴的馬賽克磁磚只買了十分之一不到，雖然爸爸多撥一些經費給學校，但依舊有限，她還得自掏腰包。

珠珠消沉的咕噥：「沒關係，目前先這樣，其它以後再打算。」不願想那惱人的經費不足的問題。

這時，客廳傳來鍾鎮亥爽朗的笑聲。

現在又是怎麼回事？珠珠發現他們相談甚歡，爸爸滿臉笑容；他對先前來訪的經理只有一個表情，就是面無表情。

「我準備好了，」她故意大聲的說，「該去學校了。」

狄倫伸出手，「鍾區長，很高興能和你談話。」

「我也是。下次再聊。」

直到他們離家，珠珠還一直用狐疑的眼光盯著狄倫的頭頂。

他像是知曉似的說：「我的頭髮快燒起來了，珠珠。」

「……你是怎麼做到的？」她問。把掛在手把上的材料一股腦的放在狄倫腿上，當是人肉籃子。

「妳指什麼？」

珠珠深深吸一口氣後，問：「你在我家理應是不受歡迎的人物，我爸媽對你居然沒戒心？！」

「可見我不是壞人。」口氣有些得意。

「沒那麼簡單，少往自己臉上貼金。你只是讓兩個人高興，不等於他們會答應你。」

「這也算是好的開始。」狄倫無比樂觀。

「我們還有一整座島的人喔。」珠珠甜聲地「善意」提醒。

「我可不是被嚇大的。」

「我管你怎麼長大。反正你這一趟是白來的。你家開出來的條件並沒有打動我們。」

「好、好、好，我知道你們都不愛財。」他們究竟愛什麼？

珠珠好不得意。

「珠珠，妳教幾年級學生？」

「都有。」

「當『志工』需要很大的熱忱，否則撐不久。」

「總不能不管那些孩子吧。我只恨自己學得太少，要不然我還可以教他們音樂或英文。」

「我不會音樂，但我懂英文。」

「那又怎樣？」珠珠奇怪的問，然後不屑地說：「愛現。」

「我是佩服妳，珠珠。」他並沒有炫耀之意，也不明白自己提這件事做什麼，難道打算留下來當志工？他從來沒做過這種高尚的事。

「少來。別灌我迷湯，這招對我沒用。」珠珠鐵著心說。「學校到了。」

這是……學校？

他以為自己看到兩層樓高的「房舍」。雖然環境乾淨，但稀稀落落的植株、聊勝於無的園圃、乏味又無趣的遊樂場只有鞦韆寂寥的站在那，孤單的等孩子來玩。整體看起來完全沒有「學校」應有的風格，容易誤認是哪間公司的員工宿舍。他的員工宿舍都比這所小學好得太多。

狄倫心中有許多想法，不過聰明的沒說出來。龍濱區比他所想的還需要更多的進步。

這一刻狄倫沒有想到博弈。他想的是，他會如何改善這所學校的整體。

兩人經過教室吸引了不少異樣的目光，珠珠從未如此尷尬，狄倫則泰若自然。到了教室，小朋友們對他感到很好奇，紛紛問：

「他爲什麼坐輪椅上？他是殘障者嗎？」

「是啊。」珠珠笑著說。狄倫皺著眉頭朝她一瞥。

「他是誰？」

「他是來我們這裡玩的遊客，很快就走了。」珠珠的解釋讓狄倫很不滿意。

「他是珠珠老師的男朋友嗎？」

「不是。」

「是。」狄倫說，然後朝珠珠掀眉一笑，後者臉色一陣白一陣紅。

兩人不同調的答案讓小朋友們更好奇了，七嘴八舌的問他們到底是什麼關係，爲什麼答案不一樣？他是那裡人？他們是怎麼認識的？他爲什麼不能走路？他來玩什麼？

他們什麼時候結婚……小朋友們千奇百怪的問題讓珠珠完全招架不住。狄倫的腦子裡更像被硬塞進一、二十台調頻不同的收音機，不曉得該聽誰的。

他趕緊出聲阻止，「停——小朋友們，我會告訴你們祕密！」頓時鴉雀無聲。「不過，想知道答案就得先回座位上課，下課後我再告訴你們。好不好？」

「好！」他們立刻乖乖聽話，一個個跑回座位坐下。

狄倫沒想到這招居然奏效，表情頗爲得意。

珠珠將他推到走廊。「剛才……謝謝你。」

「我到旁邊去，免得干擾上課情緒。」

「今天只有一堂課，我們很快就可以離開。」珠珠輕聲說，語氣已和剛才不一樣。

狄倫將材料包遞給她。「好，我等妳。」

我等妳。珠珠微微一愣。她相信他應該沒有別的意思，不過心藏怦怦跳動。

她清清喉嚨說：「殷狄倫，既然你要在這裡住上一陣子，有些事情最好先說明白。」

「什麼事？」

「不准亂開玩笑，例如說你是我的男朋友之類的。」她一臉嚴肅。

「連開玩笑也不行？」

「當然不行！你有女朋友，而我現在沒有男朋友。」

「妳怕影響自己的身價？」

珠珠彷彿聽到冷笑話似的哼一聲，然後說：「我不想跟你有任何牽連。」說完，馬上轉身回教室。

「如果我沒有女朋友呢？」

珠珠扭轉半個身子，杏眼一瞪，很快的反應：「全世界都知道你有女朋友。」然後頭也不回的走進教室。

經珠珠一提，狄倫忽然感到不自在。他幾乎忘了蘿拉——至少超過二十四小時沒想過——若不是珠珠提醒，他還可以繼續忘記。

狄倫把輪椅轉至走廊盡頭，一眼看到操場上還是紅土的跑道、陳舊的遊樂設施、荒僻的校景、斑駁的圍牆……這哪裡是一所學校該有的樣貌？再想到自己求學過程中所享受到的軟、硬體設施，兩造相差太多了。

狄倫面色凝重的調開視線。這一幕重重衝擊他的心。

沒有良好完善的師資，這群孩子的未來會很辛苦。如果他能做點什麼……嗯，也許基金會可以為他們出力，捐一批繪本？太寒酸了。重鋪PU跑道？這簡單。換新的遊樂設施？一定要，小朋友會很高興。捐幾台電腦？小問題。師資？重賞之下必有勇師。總之軟硬體都要有，文與武兼備。

狄倫不由自主的在腦海裡規劃了起來。

停！這所小學的未來關他何事？他不是慈善家不需要操這個心。狄倫要自己別多管其它不相關的事。

為了博奕案他最好專心點，好好瞭解龍濱區。他已經取得鍾區長的初步信任，目前最好不要輕舉妄動這壞了這事，尤其是亂開他女兒的玩笑。

然而，珠珠真的讓他印象深刻。

他身邊充滿許多不一樣類型的人，也有當志工的朋友，他很清楚他們沽名釣譽為的是私利。自己也不例外。辦了一個「因緣慈善基金會」，雖說是慈善但真正目的是避稅。珠珠是當地人，僅憑著一股「不能放棄他們」的責任與熱忱窩在這小島，比他們強多了。

狄倫真心佩服她。

對了，該打電話回去報平安。他拿出手機。海峽彼岸的殷雄等這通電話已久，他只聽，不說。

「……所以，給您的『退休禮物』恐怕要遲些送。」

「我知道了。你自己小心。」

「我會的。」

與父親通過電話後，狄倫打給蘿拉，她關機中。他留言，說會晚幾天回家，再與她聯絡之類的話。接著自行轉著輪椅到校門口旁等待。

下課鐘聲響起。珠珠納悶怎不見狄倫人影？一下子發現他，趕緊過去，兩人一起離開學校。

「你瞭解龍濱多少？」

「她由多個大小島嶼組成，島的形狀像一大一小的兩根湯匙，離本島約三百八十公里。地表平坦，很適合大型飛機起降。植被只有矮草和灌木，因爲風切壓住高度，也因爲土壤鹽分偏高，不利植物生長。海空交通還算方便，唯獨住宿不便。島民以捕魚爲業，生活單純——」

「好了好了，別說了。看來，你做足了功課。」

總要搞清楚敵情，才能上場打戰。「我可是帶著誠意而來。」

「天曉得。」珠珠不以爲然。「既然你都知道，還要繼續逛嗎？」

「這嘛……不如明天再逛。」

「太好了！我們回家。」

晚上，海仁和海勇加入吃媽媽煮的豐盛晚餐。

鍾家的客廳每天都有人上門聊天。他們知道了狄倫的身分和他大膽的要求之後，心裡對他的疑惑又更多。

「怎麼，明知山有虎，偏向虎山行是你們這些大老闆的獨特作法嗎？」

「你可以當我是誤入陷阱的虎，笨得可以。」

大家哈哈笑。

「別謙虛啦。大老闆要是笨，那我們這群海人不就蠢得可以，個個跳海自殺算了。」

狄倫打趣道：「可別扮豬吃老虎。」

「豬不一定會成為你們的俎上肉。」

「請大家放心，有利大家共享，誰也不吃虧。」

「唱得好聽又不走音。」大家一陣狂笑。

「唱戲總不能唱得荒腔走板。」狄倫又說：「有什麼想法大家說出來聽聽，這齣戲才能唱得更好，台上開心，台下更開心。」

「我們海人幾輩子都在海裡討生活，完全不懂得唱戲這回事，只求風和日麗、魚獲豐收，就滿足了。」海仁鼻哼地說。

「這就是大家的期望嘛，只是獲得的方式不一樣。」

「大老闆，龍濱的地太小了，蓋個堵場就沒地方蓋旅館。你準備教遊客睡海裡嗎？」海勇譏道。

「填海造陸。」狄倫胸有成竹的說。「如此一來就可以串連成一塊更完整更大的土地，國外已有成功案例。不過，睡海裡確實是一個不錯的賣點，遊客可以邊睡邊欣賞海底景觀。謝謝你提供『海洋旅館』的點子，可行性極高，我會參考。」

海勇好沒氣的冷嗤一聲。

有人懷著好奇問：「你是說真的？」

「世界各國的旅館不僅比誰最高、最大，也會比較哪種旅館最具特色。有的在雪地住冰屋，有的住懸崖峭壁測膽量、有的是洞穴旅館、監獄旅館、樹上旅館、高空玻璃旅館……」

大家談話間有時冷不防地對狄倫損個幾句、酸個幾句，他一點也不在意這些人的明嘲暗諷，還會適度揶揄回嘴。這一來一往間，狄倫看似處在挨打的劣勢，實則以簡單、比喻、幽默方式將想法說給大家聽，漸漸卸除大家的心房。

一小時之後大家自在的泡茶、聊天，氣氛比開始還要好，連海仁哥也沒有找藉口離開。

鍾林明子端著一大盤水果出來，招呼著：「來，大家吃點西瓜。狄倫，」她喊得那麼自然親切，「你別客氣，多吃點。」然後又轉回廚房忙著。

珠珠不滿的追過去。「媽！您是怎麼回事？幹嘛對他那麼好？」

「哪個他？」

「殷狄倫呀。」珠珠氣媽媽後知後覺。

「他怎麼了？」

「不是他怎麼了，而是您怎麼了？」

「我又怎麼了？」

「您幹嘛對他那麼好？」

「我有嗎？」

「當然有，好明顯！」珠珠像顆洩了氣的皮球。媽媽根本是無知無覺。

鍾林明子漫不經心的回答：「他是客人嘛。」

「他是敵人，不是客人。」

鍾林明子不滿地「嘖」一聲。「沒禮貌，什麼敵人不敵人的，怎麼這樣說話。」

「本來就是！」見媽媽沒有站在她這一邊，珠珠心裡好受傷。「他想要開發龍濱當做博奕特區耶！」

「只要規劃好，又有何不可。龍濱需要一些新氣象。」

這是媽媽頭一次發表自己的想法，珠珠不能不感到詫異；鍾林明子是傳統女性，主內。不管客廳來了多少客人、討論什麼事，她從來不過問，也不提意見，是家裡沉默的力量。儘管珠珠不死心欲再說服媽媽，但反被差遣把炸好的糕點端出去。這個客廳多少年來進出多少位客人，可從來沒有一次又是水果又是點心。算了，她已經提不起勁兒去扭轉媽媽的想法，這兩天發生的事情多得令她頭昏想睡。

五月十六日　星期二

珠珠晨起下樓，沒看見狄倫。倒是意外地看見輪椅已經收起來，放在角落。心裡正在納悶，見鍾鎮亥從廚房走來也不先問候他，劈頭就問：「他人呢？」

鍾鎮亥深沉一笑，用大拇指往屋子後方比了比。

豬舍？他在那兒幹嘛？

珠珠狐疑地走到屋外，看見狄倫拿著清潔工具打掃她家多年廢棄不用的豬舍。裡面堆著一大堆閒置物品。

「你在做什麼？」

聞聲，狄倫停下來順順口氣，倚著掃帚，一派輕鬆狀的說：「整理我今後要睡覺的地方。」

珠珠瞠目結舌。「你要睡這裡？」

「是啊。」

「誰說的？」

「鍾區長。」狄倫說。事實上，他的驚嚇程度不小於她；今晨，鍾區長面帶歉意直言了當的告訴狄倫：「你不能一直睡在客廳，但家裡實在沒有多餘房間。目前只剩豬舍可用，如果你不介意，打掃一下就可以住，要住多久都行。」

那一刻狄倫愣了幾秒鐘。

他不知道鍾區長眞正的用意，但可以肯定這絕對不會是鍾區長眞正的「待客之道」。就此時，突然補捉到鍾區長眼神裡透露出一種和「歉意」完全相反的神情，當下他警覺到，這是試煉！

於是，狄倫二話不說接下了這個挑戰。

「太好了！」珠珠說，神情快樂得不得了。「我一直想打掃卻沒時間。那就麻煩你囉！」

「一點都不麻煩。」狄倫和珠珠往聲源一看，是鍾鎮亥。「妳跟他一起掃，兩個人一起做比較有效率。」

「我不要！」珠珠尖叫，聲音尖銳得分了岔。這一回，鍾鎮亥真的用歉意的眼神看女兒，然後步出庭院。珠珠怒不可遏地轉過頭，狠瞪著狄倫，「你！」

狄倫忍不住後退一步，下意識擺開防禦姿勢。「別衝動，有話好說，珠珠。」

她想找東西丟他，但怒氣沖昏了頭反而不曉得拿哪樣好，隨手抄起一根魚勾指著他：「你！殷狄倫！最好今晚以前消失在我眼前，否則給你好看！」

狄倫看著那可笑的「武器」，聰明的沒眞笑出來。「好，沒問題。」然後，拾起另一枝掃帚給她，「來，一起打掃吧。」

錯、錯、錯，狄倫不應該給她掃帚。珠珠正氣自己找不出個像樣的「武器」，索性一把搶過來。「你自己掃！」然後狠狠地朝他身上丟去。

珠珠這一招勢急力勁，狄倫閃躲不及，整根掃帚直直地打中他。他狼狽地一手摀著鼻，一手摀著男人最重要的地方。

千萬不要讓女人掃地……他應謹記在心。

好準……好痛……嗚……。

珠珠騎著腳踏車負氣離家。她騎得飛快，把怒氣全發洩在腳上，腳踏車被她蹬得歪歪斜斜，看起來滑稽又危險。巷口冷不防出現一個人，她緊急一煞。

「珠珠！妳想謀殺我啊？」

驚魂未定，珠珠說不出話來。「藍……藍……醫師？」差點撞了人。

「妳對我有什麼不滿說出來就好，別悶在心裡找機會撞我。」

「你……怎麼會在馬路上？」

藍醫師奇怪地搔搔頭，道：「因為我只有腳，沒有翅膀。」

「喔……對不起，我沒有看到你。」她訥訥的說。

「我這麼大個人妳居然沒看到？找時間到醫院我幫妳檢查視力。騎這麼快要去哪裡？」

「隨便逛逛……。你要去哪裡？」她隨口問。

「我去菜市場給梅莉買點水果和雞，回去請我太太煮。」

「生雙胞胎的梅莉……。」珠珠喃喃的說。對了，她的先生出海補魚，尚未回家，家裡只剩下一位年邁、行動不便的老母親。她都忘了這件事。「那我回家請媽媽燉魚湯給她喝。」

「好。我也要忙去。」藍醫師匆匆的說。

珠珠連忙調轉車頭，騎回家。

「所以，藍醫師又出手幫忙了？」鍾林明子問，並俐落地烹調食物。鍾家食物就以魚最多，隨時都有。另外，又炒了兩盤青菜。

「是啊。」

「他眞是位難得的好醫師。」鍾林明子欣慰的說。

「漁船何時回來？」

「大概後天吧，看能不能趕在海洋祭之前回來。」

「希望這次能大豐收。」珠珠由衷的說。

「誰不希望。」

看大海的臉色討生活，這或許就是海人的宿命吧。珠珠黯然心想。

「待會兒我跟妳一起去醫院。」鍾林明子說。「我好久沒看到嫩娃兒，好想瞧瞧那兩個雙胞胎！」

「好啊，我們一起去。」

「我眞羨慕芙蓉，一下子就有孫子和孫女。哪像我，空有三男一女竟然沒半個結婚，更別提抱孫子。」鍾林明子訕訕的說。

「媽，結婚這種事急不得呀。」

「我知道、我知道。」鍾林明子不由自主嘆了好大一口氣，「但我要等到何時？」

「也許三哥和小樂的喜事快了。」

「也許？妳這話眞教我感到欣慰呀。」鍾林明子好沒氣的說。

「我是妹妹，當然應該等哥哥結婚了才能輪到我。」

「我們鍾家沒這規定，而我明白妳在想什麼。」鍾林明子嘆了好大一口氣：「唉，事情都過去這麼久了還放在心上。」

「我沒有。」珠珠囁嚅的說。

「妳心知肚明。好了，我不說了。我要去洗澡、換衣服。妳把東西整理好，半小時後一起去醫院。喔，對了，」鍾林明子轉頭又補充一句：「妳該去跟人家道個歉。」

「誰？」

「狄倫。」

「他怎麼了？」珠珠問。鍾林明子已經上樓沒回答她。她放下手上的東西，來到豬舍，看到了鼻孔塞著衛生紙的狄倫。他看到她來，放下垃圾袋，對她微笑。

「……我打傷的？」

「我自己『不小心』打到掃把。」

明白狄倫給她臺階下，珠珠拉下臉道歉：「對不起。」然後很快地轉身就走。

狄倫追了過來。「欸，珠珠，可以告訴我誰是妳的心上人？」

珠珠陡然停下腳步，疑神疑鬼地瞪著他，「你偷聽我和媽的對話？」

「我沒有偷聽。」狄倫趕緊否認的說。「豬舍正好在廚房後方。」

那一牆之隔確實擋不住臭味與聲音。

「不關你的事。」

「只是出於朋友的關心。」

「臭美。誰跟你是朋友?」

「我們握過手,」狄倫提醒她,並說:「妳該當我是『手帕交』了。」

珠珠鄙夷地斜睨他。「你要不要重新確定自己的性別?手帕交……,嘖,『青衫之交』還差不多,虧你說得出口。而且現在流行的說法是『閨密』。」

狄倫不置可否。「妳若肯說出來,對妳也是有好處。」

「謝了,我不需要心理醫師。」她又補了句:「貓哭耗子。」

「我是一隻好貓。」

「黑貓白貓都會抓老鼠,別假慈悲。」

「妳好見外。」

「知道就好。別再來煩我。」她再度轉身走開。

狄倫對著她的背影,歎道:「唉!原來你們龍濱區的人都亂開支票。」

聞言,珠珠立即停住,側過身來問:「你什麼意思?」

「妳和我握過手當朋友,卻又把我當外人。這不是亂開支票,什麼才是亂開支票?我是商人,『誠信』對我很重要。」

珠珠啞口無言，自知理虧。

「我……我沒有心上人。」

狄倫雙手環胸，眼睛直視著她，表情很清楚：他不相信。

「就算有，也是過去的事了。」

「他傷妳很深？」

「我傷他更深。」怒火在珠珠眼裡燃燒。「我把他推到海裡。」

狄倫吹了聲讚歎的口哨，然後看著珠珠逃也似地跑走。

反應這麼大。換句話說，她愛他很深。狄倫很高興她教訓了前任男友。他心裡好奇那個男人還在島上嗎？她還愛他？不管她愛不愛他，只要心裡還有這男人的影子就是她的心上人。想到此，狄倫很不自然地忽地一窒，嚥了口水後轉身回豬舍收拾垃圾。

一名身著潛水衣的男子迎面走來。

「想必你是鍾海智。」狄倫肯定的說，並向他伸手。

「離我妹遠一點。」

碰了根釘子，狄倫收回手。

「你誤會了，我對她沒有特別企圖。」

「我不管你有什麼企圖，馬上離開龍濱。你擁有的東西已經夠多了。」鍾海智語氣如鋼鐵般冷硬。

「鍾區長留我下來。」狄倫完全不管他怎麼說。這傢伙似乎對他有成見，後面那句話更深奧。

「你以爲留下來住豬舍就能得到認同？眞是天眞。」鍾海智冷笑著說，「你休想再得到龍濱的一草一木。」

再？他並沒有得到什麼啊。狄倫納悶的想。

「要是博奕案成功，龍濱區的一草一木，我會用別的方法保護她，而非破壞她。我向你保證。」

鍾海智根本不甩狄倫，拎著一袋從海裡撈上來的貝殼就往屋子另一側走去，澆了狄倫一盆好大的冷水。

從回應中狄倫可以確定鍾海智對他是有很深的敵意，甚至感覺到更深的恨意……但何來恨意？因爲開發案？說不通。他甚至都還沒動手呢。

由此看出，他們鍾家人有多麼保護龍濱區。

看在狄倫眼裡，這塊土地若非博奕案，根本毫無開發價值可言。或許她贏在大自然美景，乾淨的水、涼爽的風，但在被海洋包圍連自給自足都成問題的地方，沒有人會想投資如此龐大資源於此。

「哈囉，殷家大少爺。」

狄倫回頭看，是小樂。「嗨，來看戲的是吧。」他知曉的說。

「沒錯。」小樂爽快的答。「可不是常常有重要人士清豬舍，就算不好看也會很好笑。」

「我整理得還不錯吧。」他孤芳自賞。

「是啊，裝上電燈後便可以當民宿了。」小樂揶揄的說。

「鄉間民宿在本島是一個新興行業。我很榮幸在此成爲第一間民宿開發者。」狄倫非省油的燈。

「有這種事？」小樂覺得不可思議。

「反璞歸眞，重回大自然，是城市人所嚮往的。」

「那當初又何必汲汲營營闢地蓋房。」小樂以子之矛攻子之盾。

「爲了生活，多數人身不由己隨波逐流。到了極點，人心出現疲乏，又想要自然、簡單；下田體驗農夫的辛苦、幫沒空的農莊主人拔草換得食宿、去撿拾田裡收成後剩下的農作物，不會浪費又有農趣，愈來愈多人喜歡體驗這種樂趣。」

「眞是奇怪。」小樂覺得匪夷所思。「這些事有什麼好玩？」

「對依賴科技、追求方便習慣了的城市人來說，偶爾嘗試是挺有意思的。」

「城市人的思維眞奇特。就好比有樓梯不走，卻要到有冷氣的健身房運動。深夜不睡覺上網，失眠後再吃安眠藥助眠。拼命吃到飽再悔恨攝取過多，餓了一陣子之後又去吃到飽……惡性循環。」小樂的結論一針見血。

「沒辦法，城市人的悲哀。」狄倫照實說。「龍濱區居民的思維也很不一樣。」。

「哪裡不一樣？」

「保守但樂觀，認命又不服輸。」

小樂噴鼻氣：「哼，隨便說說。」

「雖不中，亦不遠。」

這時，鍾林明子和珠珠帶著食物走出來。

狄倫上前主動接過鍾林明子手中的物品，她道過謝後兩人很自然的併肩行走，珠珠與小樂殿後。

狄倫和鍾林明子沿路有說不完的話。珠珠見狀，氣不打一處來。

「不知情的人還以為他們是母子。」

「母子不一定有話聊。」

「那麼是丈母娘和女婿？」

珠珠懶得搭腔，小樂還是可以自說自話。

「欸，妳覺得他怎樣？」

「妳直接說妳對他的感覺就好，不要問我。」

「我覺得他跟我原先想的有點不一樣……。」

「我一點也不意外。他再多待幾天妳一定移情別戀。」

「我不會的！我愛阿勇。」
「人會變。小樂。」
「我不會。我只是欣賞狄倫而已。」
「妳對妳自己說吧。」
「妳不相信我！？」見她不回答，小樂氣極敗壞的說：「我和妳二哥已經交往三年了。」
「十年的感情說變就變，你們三年算什麼。」
小樂知道珠珠的偏執症又犯了。「妳不能用自己的經驗來評斷我。」
「隨便妳。」珠珠把頭撇向一邊。兩個好朋友互相賭氣，一路不說話。

梅莉的產房很可愛，有點家的感覺，有著鮮豔花朵及可愛動物圖案在牆壁上，圓弧型粉紅色椅子和窗簾，讓人看了心情愉快。可是，她感受不到這股輕鬆，愁容滿面，雖然閉著眼睛休息，心裡卻隱隱浮著令她憂心的事情。

他們的生活本不算差，娶妻買船。但是大海無情，捲掉豐碩的魚獲和船，幸好緊抓著救生圈才得以撿回一命。「大難不死，必有後福」並沒有降臨在他們身上，貸款所買的船誤觸礁岩，給船身開了一個縫不攏的裂嘴，整艘船連魚獲又重回大海。接二連三沒了船，沒了錢，生活還是要繼續過下去，只好開著原來的舊船再試運氣，結果如何尚未得知。

懷孕無法爲她帶來喜樂，一下子多了兩張嗷嗷待哺的嘴，沒有了錢，坐月子與否、魚獲豐收與否、丈夫生死與否，愁雲已變成化不開的水泥塊，重重壓在心上。一行四人進來時，她臉色蒼白、虛弱，心事重重。

「阿姨，珠珠，小樂，妳們都來了！」幸好梅莉沒有忘記笑。

「妳覺得如何？梅莉。」

「好像突然減了肥似的。瞧，我有沒有變得比較苗條？」梅莉幽默的問。

「剛生下孩子別急著減肥。來嚐嚐我為妳煮的魚湯。」說罷，拿出碗筷張羅飯菜。

「妳好厲害，竟然可以自然產生下兩個娃娃！」珠珠佩服不已。

「妳也可以做得到。」

珠珠笑了笑，眼神無意中與狄倫對上。他意味深長的看著她，她迅速別開臉。

小樂接腔：「她的目標是三個孩子。不過，得先為自己找個男人才行。」此言一出，立刻招來珠珠白眼。

梅莉對他們露出感激的微笑，說：「謝謝你們。藍醫師也才送來蘋果和雞肉飯。咦，她指著狄倫，問：「他是……？」

「他叫狄倫，來龍濱玩，目前住我家。」鍾林明子簡單介紹。

「……歡迎你。」

「謝謝。」又得一票！「我未曾來過龍濱區，要好好看看。」

「這裡除了海，也沒什麼特別的。」

「可是有些人就是喜歡窮鄉僻壤，認爲這裡的土壤含金帶銀。」珠珠轉頭面向狄倫，含沙射影的問：「你說是不是？」

狄倫挑高了眉，笑笑不回應。

鍾林明子暗暗瞪了珠珠一眼，她嘴唇翹好高。

「海洋祭就快到了，大家一定很忙喔。」

「這次擴大舉辦，區長找了幾個表演團體，很熱鬧。」鍾林明子把飯菜遞給梅莉。

「謝謝。讓妳這麼麻煩，眞不好意思。」

「別想太多，快趁熱吃。要吃完。」

珠珠催促著鍾林明子：「媽，我們去看小孩。」

「我跟妳們去。」狄倫說。

鍾林明子趕緊阻止他，「你沒有換乾淨的衣服，不能去。」狄倫只好單獨留下來看梅莉吃飯。

梅莉吃著他們送來的食物，那是世間最美味的月子餐，她要全吃完。等一下兩個寶寶也要「用餐」。

就在快吃完時，梅莉忽然抬頭問：「再告訴我一遍，你爲什麼來龍濱？」

「來看看。」剛才不是回答過了？

梅莉似乎沒眞要他回答，繼續吃，直到吃完了，才一邊收拾碗筷一邊說：「我知道你是誰。別太驚訝，龍濱地方小消息傳得快。你的企業想在這裡開發博奕事業。」

狄倫點點頭，表示默認。

「我的爺爺是海人，我的爸爸是海人，我自己也嫁給海人，似乎以後我的兒子也要當海人，我的女兒也要嫁給海人。」梅莉嘴角悽然地微微一揚，話峰一轉：「你就不一樣。你的父親是企業家，母親是音樂家。就算你不想當商人，還能隨便挑個有興趣的工作來做。」

「妳也可以。」她怎麼如此清楚他家的事？狄倫心裡困惑。

「我有腳，可以離開龍濱，但我喜歡這裡，不想離開。可是，我留在這裡就只有這個選擇，再也沒別的了。」狄倫靜靜聽著。「更糟糕的是，如果漁獲不好，連生活都成問題。」

「妳在擔心錢的事？」

「你就不用擔心錢的事，對不對？有錢人眞好。可以選擇從哪個方向出發，隨時重新開始。」

「我贊成妳的說法。」狄倫的坦白讓梅莉專注的看著他。「每個人都應該有『重新開始』的權利；做錯的事、下錯的決定，通通擦掉，全部重來！如果龍濱區也可以像本島那麼繁榮，大家就有更多選擇，更多機會，甚至更多成功。」

「說得好。」狄倫的話稍稍打動了梅莉的心。「可是，老天爺就喜歡找平凡人麻煩。

讓我不禁問：是不是我不小心做錯了什麼？還是沒有把本分做好，所以才會這麼辛苦？」

「運氣。」狄倫說。

「你的運氣一定很好。」

「妳認為有錢人的運氣一直很好？」狄倫緩緩搖了搖頭。「我不會說『只要你肯努力，一定會成功』這種空泛的大道理。可是成功是需要運氣。」

「只要有錢，失敗後再站起來總是容易點。」

「這倒是。也許你們需要的是一個正確的選擇。」狄倫還在想博奕一事。

「或許吧。我們家當初就是做錯選擇，選了你的銀行貸款。」

狄倫不敢隨便搭腔了。

「你的銀行給了我很糟糕的貸款利息。」

梅莉情緒瞬間激動了起來，說：「我丈夫出海補魚每次都是冒險、漁船的貸款……天知道什麼時候才能還清？我知道你為什麼要來龍濱，你是為了錢。我也是為了錢，可我一點都不輕鬆。你知道為什麼我沒有把你攆出產房嗎？我剛生完孩子沒力氣，否則你就慘了。海人別的沒有，只有力氣大。」狄倫瞠目結舌。梅莉並沒有就此停住，繼續發飆：「我為什麼要好好跟你講話？因為我要一個企業家站在我面前聽我抱怨，向我道歉，對我說：『對不起，我不應該給窮人那麼高的貸款利息，我甚至不應該收利息，應該把多數資產給窮人，給他們一個難得的、他媽的『狗運氣』，讓他們有機會鹹魚翻身。』說！跟我說對不起！」

「對……對不起。」狄倫錯愕，被動的說。

梅莉發飆後瞪著狄倫，她雙肩劇烈起伏，像生孩子似的調整自己急促的呼吸。那片刻，產房凝結了尷尬與沉默的空氣。須臾，她察覺到剛才的失控，囁嚅的道歉：「對不起，我可能是……產後憂鬱症……。」

狄倫體諒的一笑。

「沒關係，這樣才知道原來我是個放高利貸的混蛋。」他清清喉嚨，問：「罵過後心情有沒有好點了？」

「有……謝謝……。」

他一手插腰，另一隻手當梳子——像平常他在做重大決定時那樣——梳著頭髮。

「貸款的事我會幫妳解決。」

「什麼？眞的嗎？爲什麼？」她不敢置信。

「我想跟龍濱區的居民交個朋友。」

「你要怎麼做？」

狄倫又一笑，拍拍她的肩膀，安慰道：「這件事我來處理就好。妳好好做月子。」

「我……」此話激得梅莉不知該說什麼才好，淚水已先流出來。「謝謝……謝謝。

你真是一個好人！」

一會兒貶他，一會兒褒他，狄倫哭笑不得。

「坐月子的人忌諱哭，妳應該笑，這樣寶寶們才會感受到妳的開心，健康的長大。」

「嗯，我不哭。」梅莉趕緊拭去眼淚。房門打開，鍾林明子和珠珠各推著一部嬰兒車進來。裡面的「乘客」正在張嘴哇哇大哭，後頭還跟著一名護士。「他們沒事吧？」梅莉擔心的問。

「寶寶肚子餓了。」

狄倫低頭看。兩個小嬰兒被包得像春捲，頭上各套了一個藍色與粉紅色的棉帽，小臉皺皺的、紅紅的，哭聲很小但肺活量不弱。小嬰兒都長得這樣子嗎？他突然意識到身上的骯髒，連忙往後退到牆角邊。

「妳要先餵哪一個？」珠珠問。

「先餵姐姐。」她一臉慈愛，小心翼翼的抱起寶寶，此刻她的表情如此溫柔，狄倫在她眼裡見到了母愛。誰會曉得，一分鐘前，她還像個尖銳難搞，渾身帶刺的母雞。護士上前拉攏布簾，指導她如何正確哺乳。

狄倫自動迴避離開產房，珠珠和小樂也出來，鍾林明子暫時還留在裡面。一出來，珠珠眼神銳利的追問：「梅莉剛才哭過。你們講了些什麼？」

「我們談了些事。」

「談到她哭？真厲害耶你。殷狄倫。」

「她剛生完難免多愁善感，尤其對未來。我安慰她幾句，她就掉眼淚。」

「黃鼠狼給雞拜年吧。」她不相信。

「別小看我。」

珠珠感覺他避重就輕，但也無法逼他說出來，賭氣調頭走人。

「她一向這麼敏感嗎？」狄倫揚聲問小樂，聲音剛好讓走在前方的珠珠聽見。他故意的。

「不能怪她。」

「那應該怪誰？」

「一個男人。」

珠珠隨即轉過頭來阻止小樂，「妳閉嘴。」

「妳不讓我說就表示妳還在乎他。在乎的人是輸家。」

珠珠否認：「誰在乎了。我鄭重警告妳，不要隨便告訴別人我的隱私。」她逼自己不要拔腿就跑，像喪家犬。

「我又沒有要說『限制級』的部分，我說的是眾人所知的『實情』。」

「有『限制級』？」狄倫有點不是滋味的問。

「沒有！」珠珠連忙搶答。

「這點只有他們兩個才知道。」

「就說實情吧。」狄倫不想聽限制級。

珠珠噘高了嘴角，憋著氣。反正大家都知道，不差他一個，她悻悻然的想。

「你要從哪兒開始聽？」小樂問。

「那個男的娶了別人？」

「沒。他離開故鄉到本島開創『錢』程。」小樂撇撇嘴角，聳聳肩。

「珠珠怎麼不跟去？」

「他們沒結婚。」

「珠珠還再等那個男人回頭？」

「他現在混得還不錯，回來的機會不大，再按照她自己的講法，」小樂用下巴努了努走在前方的珠珠，「應該不等了。」

「多久了？」

「他去三年了。當初沒到本島去，他們差一點就結婚，婚後還要生三個孩子。」

「我是指他們交往多久？」

「十年。是青梅竹馬的一對。」

狄倫討厭「青梅竹馬」，聽起來好像感情很深厚。「生三個孩子」則讓他覺得格外刺耳。他心底也有個美夢說出來會被人懷疑：他年輕貪玩，但總有一天會結婚，他希望孩子多一點。

「交往十年卻還不結婚，可見那男的一直在拖延但又不想分手。」

「對耶！我們怎麼都沒想過？」小樂直視著他自問，然後大聲的問珠珠：「喂，妳有想過嗎？」

珠珠沒回應。聽著小樂在外人面前討論自己以前的事，她心裡很火大，但她不想像喪家之犬般落荒而逃，逼自己按照正常步伐走路。

「你們從不懷疑？眞是單純。」

「算了，都已經分手這麼久追究也沒意義。」

「那她現在有男朋友嗎？」

「沒有。變驚弓之鳥了。」小樂此語一出，又招來珠珠白眼。

「眞遺憾。」他口是心非的說。

珠珠指責道：「哼，你自己就甩了好幾個女朋友，沒有資格對我說『遺憾』。」

「別激動，珠珠，又不是我甩了妳。」他舉手抗議。

「殷狄倫，像你這種懶惰，撿現成的富二代，換女朋友就像吃美食。或許你同時遊走數名名女子之間，擺平她們最好的方式就是錢。」珠珠語彙尖銳地指控他。

「嘿，妳根本不瞭解我——」

「我不用認識你就可以瞭解你。」

「從哪裡瞭解？」狄倫反問：「雜誌、報紙、新聞？他們根本亂寫一通。」

「是啊，他們還會空穴來風呢。」珠珠反唇相譏。

「這是他們唯一的本領。」

「你的本領則是憑著『富二代』欺騙女孩子的感情，使用過她們的身體之後再丟掉。或許連同她們肚子裡的也是。」

小樂傻眼，聽得瞠目結舌。她的好朋友什麼時候變得如此尖酸刻薄？

狄倫臉色一沉，珠珠以為他要生氣了。

「我是富二代，不代表我沒有認真工作。我是花花公子，不等於是沒良心、不負責任的男人。我是正常男人，還是自由身，有權利跟任何人交朋友。女人主動親近我，我『用了』她們的身體，這種事情兩情相悅，得了便宜的只有我？」

「不管什麼女人你都接受，不會拒絕？」

「我當然可以拒絕——只是沒有拒絕而已。有人引誘我，而我也被誘惑，這叫做逢場作戲。懂嗎？」

「你真自私，等玩膩了再甩掉人家，害那些女人哭得淅瀝嘩啦。」珠珠義憤填膺的指責：「說你始亂終棄一點也不為過。」

「我覺得不適合當然要分開。難道要留在身邊當紀念品？」

「等你把龍濱變成博奕特區後，還可以順便蓋一間『棄婦博物館』供人參觀！」

「這想法不錯，我會納入考慮。」狄倫故意氣她。

珠珠中了激將法，忍不住罵：「你這個濫情男、桃花男！」

「我有財力也有選擇權，我還年輕，不喜歡被管束，喜歡自由自交朋友。每個女孩子優缺點都不同，我當然要選最好的，當有一天我想定下來，她就會是我的妻子。」

「你和她們交往前應該先告知她們有『被試用期』。」

珠珠極盡嘲諷之能事，狄倫只是聳聳肩，一副不甚在乎的樣子。其實心裡很受傷她清算他的舊帳。

「大家都是成年人，不需要講。願意忍受我就來，反之。」

「說得振振有詞，都有你的道理。」

「珠珠，好了，妳別再說了。」小樂拉她的手。

「我偏要說！他愛情不專——」

狄倫壓低聲音，彷彿壓抑怒氣。「我不是你那個可惡的前男友，藕斷絲連，不用遷怒於我，把所有事是非不分全部混在一起談。要不要設立博奕特區得看大家的共識。沒有共識，我『變』不出博弈特區。」

「用錢啊，這招你不是很厲害。」

「目前爲止有誰被我收買了？沒錯，我是擁有比多數人更優勢的條件與運氣，但我也得靠自己的才能與努力經營公司，沒有妳想的那麼簡單。」

狄倫還算有君子風度，但看得出來他情緒不太高興了。

珠珠想不出話反擊他，暗地用手肘撞了下小樂，她同樣也啞口無言；一向溫和可人的珠珠罕見地講了犀利難聽的言詞，她知道珠珠將對某人的不滿發洩在狄倫身上，她是她的好朋友，說什麼都應站在她這邊。

反觀婀狄倫，雖然他是「敵人」，但到目前爲止一直處於下風，沒佔到便宜，還掃了豬舍，她實在想不出要對他說什麼重話。

對話至此已無樂趣，狄倫欲轉身離開。陡地，又停下來，回頭反問：「妳怎麼知道她們沒有覬覦我的『身家財產』而接近我？」他加重語氣，「不惜用她們自己的身體當誘餌。」

「別臭美，不姓『殷』你什麼都不是，也不會有女人倒追你。」

狄倫像被針扎到似的瑟縮一下，臉上的肌肉緊繃，表情僵硬，隨即別頭而去。

見狀，珠珠急切的尋求認同。「小樂，妳說，我說的對不對？」方才他眸中的怒光隱含著某種遭受過創傷的情緒，只在一剎那間，但還是被她捕捉到。

小樂緩緩的說：「呃……不全對……。」

珠珠詫異。「小樂，妳站在他那邊!?」

「事實上，自古至今，女人對有錢男人的先發利器通常是容貌，接著是身體。有些女人眞的只對有錢的男人才有興趣，殷狄倫年輕有才華，又有錢，自動上門的女人一定不少。」

珠珠沉默。

「關於他的報導，不管消息來自何處，我想都不能完全相信。有可能那些記者亂寫他，不能憑著幾篇媒體報導便對他妄下結論。」

珠珠僵硬著下巴問：「博奕妳怎麼說？」

「我從來沒贊成過啊！」小樂著急的澄清。「珠珠，我不是不站在妳這邊，可妳剛才的話眞的有些偏激。我都快不認識妳了。」

珠珠低下頭看醫院的白色地板，腦海一片混亂。

小樂瞥了好朋友一眼，趁機又說：「珠珠，過去的事就算了，不應該讓它困住妳的未來、妳的心。」

珠珠很感激小樂始終支持著她。

那她呢？是不是誤會了狄倫？是不是帶著偏見看待他？

珠珠閉上眼睛，心裡暗暗嘆了一大口氣。

狄倫離開醫院後獨自信步至碼頭。

正午時分，空氣又熱又悶，強大的太陽躲在灰白厚重的雲層後面，弄不清楚她接下來要發威還是落淚。

狄倫仰望天空，深吸一口氣。

好想下海游泳、衝浪，或者被浪衝也好。海水雖無情，人心更難測，相較之下，海水包圍他比被人圍剿溫柔得多。

「富二代」一詞充滿蔑視和不信任，公眾看到的永遠是他玩樂的那一面，像顯微鏡下的病原體被放大檢視、惡意評論。

哼，他認真工作反倒成笑話一場。

龍濱區能否成爲博弈特區是公眾議題，他視之爲挑戰。成功了，他的能力就可以被肯定。努力過程中被質詢、懷疑，乃至於仇視，對他來說都是小事一件。工作嘛，什麼狀況不會遇到。

他不服氣的是媒體用隱喻、猜測的字眼引導觀眾聯想他濫情或工作不認眞。

他不是沒用的富二代！

要是某個交往中女人值得他重視，那麼他就會珍惜。相反的，她懷著某種企圖而來，他又何必「客氣」呢？這樣的女人還眞不少，才讓媒體有機會大作文章。

他才不是渣男。珠珠誤會了……。狄倫生悶氣。

「如果你想游泳，這裡不是好地方。」

狄倫頭也沒回，一味速度加快往前走。

珠珠追上來。「對不起，殷狄倫。我剛才失言了。」狄倫置若罔聞，她只好邊追邊說：「呃……我用一些錯誤的訊息對你妄下斷言，我很抱歉。我對你總是充滿敵意，這也是我不對，如果你一開始不要隱姓埋名，或許我就不會……那麼討厭你……。我只是不想龍濱變成財團爭相競奪利益下的犧牲品，龍濱雖然小，卻是我們世代在這兒生存的根。喂……殷狄倫！你停一停好不好？」她語調放軟的哀求。

總算，狄倫停下來，微微側身緊皺著眉頭，不悅的瞥視她。可是，看到珠珠手足無措，一副不曉得該說什麼才能讓他消氣的內疚模樣，以及她認錯的態度及求和的表情，瞬間讓他軟化了。

他暗暗嘆口氣。「我沒有打算對你們隱姓埋名。剛踏上這塊土地沒多久就被妳二哥撞，我來不及說便造成誤會。」

珠珠沉默不語。

「龍濱區很美。可以的話，應該保留她的美。我走了。」

「你要走了？」她的心像陡然踩空了階梯。

「留下來只會惹人厭。」狄倫語調平板，斜眼睨她，意有所指的說。

珠珠的臉一陣白、一陣紅。

狄倫看向海，抓了抓自己的頭髮。「我從沒想過，你們會這麼討厭我。倘若我的私生活會影響你們的觀感，也許該另外派人來試試。」

「那些流言蜚語又不是眞的。」珠珠抿了抿嘴，說：「……至少不是全部。」

「眞或假不重要，它已經漫延開來，深入人心。」

珠珠明白，他特別指她。「也不是每個人都相信那些八卦啊。」

「妳就相信了啊。」

「……好啦！殷狄倫，我信一半可以吧？」她妥協的問。

狄倫將目光轉回珠珠臉上，不確定的猜：「妳要我……留下來？」

珠珠抬起眼睛看他，勉爲其難點頭，好像有隻無形手壓著她，逼她做。狄倫看了不禁莞爾，一個喜怒哀樂形於色的女孩。

「妳確定？別忘了，我可是有目的而來。」

「我知道。可是你又不一定會成功。」珠珠不看好的說，有點興災樂禍的成分在裡面。

「就是！」他佯裝敗陣氣憤，握拳搥自己的手。「我人生地不熟，要弄清楚其他人的想法也顯得困難。我看我還是回去好了。」

「好啦好啦，或許我爸可以介紹幾個人給你認識。」

「我還需要一個響導，帶我四處逛逛。」狄倫得寸進尺。

「好啦，我帶你去啦。」

「妳？算了，」狄倫大搖其頭，「老是說話不算話。」

「這次不會了。」

「我不相信。」

珠珠屈服的嘆氣。「這次眞的不會了。要不然，打勾勾。」她伸出小指頭。她當眞嗎？狄倫盯著這個小學生才有的動作，懷疑的問：「這有法律效力？」

「如果我再食言，隨你處置。」珠珠傲骨的挺直身子。

隨他處置？這好。他喜歡。

「可以。」狄倫說，同時也學她伸出小指頭。她主動勾住他的小指頭，再用大拇指壓他。

「蓋印章。即日生效！」她鄭重的說。

「很好。不過，我還有一個要求。妳不能連名帶姓叫我，要直接叫我『狄倫』。」

「唉……，好吧。……狄倫。」

狄倫笑了。

躲在烏雲後的太陽宛如反應他的心情也露臉了。

第四章

五月十七日　星期三

狄倫一夜輾轉難眠。

那縈繞在他耳邊不請自來亦揮之不去的聲音，如果沒來龍濱區他絕不會遇上，未來幾天他又要如何面對？

這些死蚊子！

他睡眼惺忪的看手錶，五點。鍾家主屋已有聲響。出來的是鍾海智，他一身潛水衣，帶著工具，騎上摩托車就離開。

他信步走到庭院，從這裡可以看到海，島上到處都有樹、野花，各家門前獨具特色的造景，讓人不禁稱讚：眞是美麗的島啊。若眞出現幾隻牛、羊、鹿、馬……在路上跑來跑去也很理所當然。

突然，狄倫看一個、二個、三個……有一些人在路跑。他想起初來乍到那天，就曾看到有人負重跑步。他們在幹嘛？

「你醒了。」狄倫回頭，那人反被他嚇了一跳。「你的臉！」

狄倫臉上有好幾處被蚊子叮咬的痕跡，他的體質正好是被叮咬即刻紅腫過敏的那一種。

「早，珠珠。」

「早安，狄倫。」珠珠忍不住莞爾道：「昨晚被叮慘了？」

他摸摸自己的臉，「我猜我把它們都餵飽了。」

「快來吃早餐吧，狄倫。吃完後還有事情要忙，快點。」珠珠往回走，邊回頭邊喊：「等會兒我拿藥給你擦。」

用完早餐後，狄倫邊塗抹藥膏邊問：「你們島上的人很愛運動？」

「怎麼說？」

「我看到有人在慢跑。」

「哦，那是爲了明天的海泳做準備。每年『海洋祭』前一天都會舉行，從南仁碼頭游到美人島，來回約二點五海浬。沒有足夠的體力是辦不到的。」

「沒有民宿，他們住哪？」

「隨便哪兒都行。搭帳篷也不錯。」

這題無解。「我也可以參加嗎？」

「你可以參加『兒女組』，也就是未滿十六歲的孩子及女性。」珠珠抿嘴一笑，「只有半海里。」

「不，我要參加年輕人那一組。」

「長泳組？狄倫，你會輸得很慘。」

「不試試怎麼曉得。」她當他是肉雞嗎？

「隨便你。不過，你現在得先跟我到活動中心。」珠珠命令的說。

「幹什麼？」

「湊熱鬧啊。」

活動中心前的場地廣大，已搭起聯結式帳篷，並有近百張大圓桌整齊排列，看得出即將有場盛大的活動在此進行。狄倫這輩子沒參與過此類的民間活動，看到這些大場面之後內心竟有些悸動。他順著視線向旁邊望去，活動中心旁有間「龍王廟」，他舉步朝廟走去。首先印入眼簾的是廟前的廣場地上，那兩條有著閃閃發光鱗片的白龍與藍龍，極具氣勢地盤據於地面，那栩栩如生的形態讓人望之生畏。

「傳說中龍掌管水，可以呼風喚雨，也可以驅邪。」

狄倫循聲望去，一名婦人對著他說話。

「妳好。」

「你好。」她也說。

「我是殷狄倫。」他伸手自我介紹，對方也伸出手。

「第一次來？」她一直盯著狄倫看。

「是的。」他抬頭看「龍王廟」，整個殿堂氣勢雄偉，儘管老舊，仍可看出其原始造型曾經古樸壯觀、色彩鮮明亮麗，那些斑駁的漆色更增添其歷史風華。他讚嘆的說：「這座廟有歷史了……。」

「龍濱的居民歷代已來多以補魚爲生。我們這裡的習俗，祭海前全龍濱的居民要先拜媽祖，祈求平安。之後就是祭海，拜龍王，乞求龍王多賜魚蝦，保祐福祉。爲了證明島民除了求天助也有自助的能力，我們用不同的活動比賽，多數和海有關。」她望著他說。

「既然你們有這麼好的活動，爲什麼不讓更多人瞭解參與？」

「我個人很贊成你的想法。」

總算遇到一個贊成的人。狄倫心想。

「對了，捉豬是什麼儀式之類的活動？」

「就是——」

「狄倫！」婦人想說的話被一聲叫聲打斷，接著珠珠氣喘噓噓的跑來，「你說要幫忙的卻到處找不到你。小阿姨！」

婦人對著她微笑。「珠珠，妳也來了。」

「你們認識了？」

「剛認識。」狄倫說。

「她是我媽媽的妹妹。」珠珠對狄倫說，再對婦人說：「小阿姨，他是狄倫。目前暫住我家的豬舍。」

「嘿，後面那句就別說吧。」狄倫抗議。婦人聽了一直笑。

「啊，我差點忘記。不陪妳聊了，小阿姨，我們還要去幫忙磨糯米。再見。」珠珠拉了狄倫就跑，他匆匆向小阿姨揮手。

「我覺得小阿姨好像喜歡我。」

「你快變小金人了，盡往自己臉上貼金。」

「我說眞的！她一直看我。」

「一直看你不代表喜歡你。」

「一定是！」狄倫篤定的說，並分析道：「妳大哥就不喜歡我，因爲他連一眼都懶得瞧我。」

「他不想看你的原因是──」珠珠陡然住口並停止所有動作，害狄倫冷不防的撞上她。她大叫：「唉喲，你怎麼走路的？」

「是妳突然停下來。」狄倫喊冤。

珠珠懊惱地看他一眼，然後繼續往前走。

狄倫沒有忘記珠珠剛才的反應，索性直問：「妳大哥對我有什麼意見？」

「大概是博奕吧。」

「又還沒定案。」

「你們公司三番兩次來，好煩。連我也覺得煩。」

珠珠的解釋聽起來合理，但狄倫還是感到哪兒不對勁，正想再多問幾句，眼角瞥見令他分神的景象，傻眼了。五座半個人高，由兩塊大石頭相疊的「器具」正在進行著早已不復見的動作。

「這是……石頭。」

「石磨。」珠珠糾正道。「我們要用古法磨出米漿，再用石塊壓出水來。」

他伸手撫摸大石頭，說：「用機器不是比較快？」

「是比較快，但這是有意義的。」珠珠跟其中一名女性替換，然後把狄倫叫來，「你磨這一座。」

狄倫瞠目結舌。「以前不都是用牲畜嗎，像驢、牛、馬，還有……」

「人。」珠珠衝著他一笑。「試試看，很好玩。」

她的臉又亮起來了！狄倫覺得自己被她那燦爛如陽光般的笑容給吸引，暈頭轉向，神智不清，任憑她處置，教他上刀山下油鍋都願意。珠珠牽起他的手，放在石磨的木製推把。

「扶這裡，然後出力。喂，你有沒有在聽啊？」

「吭？喔，有……有在聽。妳再說一遍。」

珠珠瞪他。「心不在焉。」

這次狄倫聽懂了。看著木製推把，仍不免心想：這麼笨重，怎麼推？他往旁邊看。一座石磨由兩人負責，一個推磨，一個灌米加水。這群婆婆媽媽推得駕輕就熟，似乎一點也不費力。

「年輕人，加油。」

「大老闆不能輸給我們這些老太婆喲！」

「妳才老太婆，我們年輕得可以掐出水呢！」有人反駁。

「看清楚，那是油！」大夥哈哈笑。

「油才好。哪像妳乾巴巴的，像我家竹竿上的魚乾。」

「我也沒辦法，在海邊曬久了就變這樣。」又自我揶揄一句：「這款比較耐放，等老公回來再吃。」

大家又是一陣哄堂大笑。肺活量十足，嗓門聲大。

「大家很有活力。」狄倫欣賞的說。

「環境磨出來的。」珠珠雙手插腰，很有精神的說，「海人的家人都很樂觀。」

狄倫雙手握住推把，用盡全身力氣也推不動半分。她們呵呵笑，狄倫更窘。珠珠擠來他身邊，示範給他看，輕而易舉就使笨重的石磨轉動。原來是狄倫的施力點錯誤。明白訣竅，狄倫也不能輸人，一下子就推動石磨。見狀，珠珠趕緊灌米加水。不一會兒，夾雜粉末的水從夾縫中流到磨盤上，再沿著馬蹄型的缺口的下層磨盤的槽溝流出，下方由一個鐵桶盛裝，約七分滿時倒入棉布袋，再用大石塊壓出水來，靜置一夜後就可以搓揉成湯圓。

一小時下來，狄倫滿頭大汗，手痠了。

「休息一下，年輕人。」

有人遞茶水給他，拍拍他肩膀鼓勵。「表現不錯喔！」

「謝謝。」狄倫很有成就感的看著地上的棉布袋。

「可以體會做牛做馬的辛苦吧。」

「這大概就是你們的用意，不要忘記做人的本分。」

大家詫異地停下來，看著狄倫。他竟然一語中的！

其中一位老婦人說：「我們的祖先是海盜，但總不忘要落地生根，在我們喜愛的土地上生活。離開海洋容易使人忘記風浪的可怕，變得懶惰、驕傲，爲了提醒後人，應像面對詭譎多變的海洋那樣戰戰兢兢又謙卑地努力生活，切莫過度依賴『方便』。」

「所以才有這個傳統且費力的活動？」

「是的。」

「我領教到了。」狄倫說，有汗濕了的衣服作證明。

「這只有一小部分，後面還有重頭戲。」大家故意露出不懷好意的眼光。

狄倫接招。「我拭目以待。」

咦，珠珠跑哪去了？狄倫四處視尋，想起十分鐘前她藉著「尿遁」離開後就沒再回來。在場婆婆媽媽們已陸續收拾物品。才多久沒看到她，他竟感到些微焦慮。也許是因為天氣太熱所造成的「錯覺」，狄倫自我解釋。

強迫自己再多等二分鐘之後，他才問：「珠珠跑哪了？」

「哪知？若不是回家就是去游泳。」

「在哪裡游？」

一人指一個方向，至少有四個不同方向。這怎麼找去？狄倫傻眼。

「這裡到處都能游泳，你隨便找吧。」

隨便找？簡直像大海撈針。最後，狄倫往比較多人指的方向去，他走到一處海灣。

「情人灣」是所有海灣中海浪最平穩的一處，狄倫才走到便立刻發現自己喜歡這個地方，一處迷你海灣卻擁有乾淨潔白的沙，還有數十棵可遮陽的椰子樹及黃槿，安靜又寫意地陪著海浪。

眞沒想到，龍濱區竟有這麼可愛的海灣。簡直像是爲來此約會的情侶所設計。

狄倫赤腳走到沙灘中央。好細的沙，觸感眞好。四處望去，並沒有任何珠珠的身影。

也許她不在這裡。狄倫正打算離開時，隱約聽到呼喊聲。他停下腳步，看到不遠處的海面上有動靜。定睛一看，嚇壞了他。

是鯊魚！牠咬著一個人……是珠珠！！

狄倫不敢相信，瞪大眼睛再看清楚。

果然是珠珠，她被鯊魚攻擊了！

「……命啊……救命啊……」她喊道。

狄倫慌亂地想找個武器衝過去救她，但這麼可愛的海灣哪有武器？只有小樹枝。不管了，他隨手一抓，隨即奔向海去，跳進水裡，用他最快的速度游過去救人，但還不夠快。他知道鯊魚是海中最快、最凶猛的殺手，牠那惡名昭彰的牙齒噬殺一名女子不用太久，他必須快、更快、再快……

才游不到一百公尺，狄倫已感到手臂痠軟得無法再游快，肺部也因換氣過快就要炸掉，但他不能輕易放棄，他要救珠珠——那是狄倫心中唯一懸念。可是，距離還那麼遠……

幾乎是同一時間，那隻鯊魚感覺到有另一個人類在海中，牠咬住珠珠往狄倫的方向游來。

珠珠不明白牠為何轉向，只希望牠別又潛入海中。

狄倫看到鯊魚飛快地朝他而來，驚慌不已，下意識地準備用手中的「武器」和牠決一死戰！

當兩者終於要面對面時，鯊魚突然放掉珠珠，沉入海裡，瞬間不知去向。

狄倫趕緊游到珠珠旁邊，一把抓住她。珠珠抹掉一臉水，詫異地看著他。

「狄倫？你怎麼在這兒？」

「妳還好嗎？珠珠？有沒有受傷？快告訴我！」狄倫捧著她的臉緊張的檢查，奇怪她被咬卻爲何沒有血，只有咬痕？「妳的手……妳的傷呢？」

「我……」珠珠因他的緊張而緊張，「我的什麼傷？」

「妳在有鯊魚的海域游泳！」狄倫大吼。

珠珠緊張的查看四周，「鯊魚在哪裡？」

聽到她的回答，狄倫覺得自己急得都快發瘋，失去理智。

「妳剛才被鯊魚咬了！天啊！妳被嚇傻了。我看到鯊魚咬妳！」

「我沒有被鯊魚咬呀。而且這裡沒有鯊魚——」

「怎麼會沒有，妳看！」他打斷她的話，指著重又出現的背鰭。同時他遊到珠珠前方，準備以自己肉身保護她，用早已折斷了的小樹枝對付鯊魚。

見狀，珠珠立刻明白狄倫的意思。她慌亂的阻擋他的手，「等等，狄倫，牠是……」

「珠珠！妳躲我後面！」他可以用小樹枝戳牠的眼睛，狄倫想。如果沒效——這還用說——只有隨牠了！

「狄倫你冷靜！先聽我說。牠不是……」

鯊魚又潛入水中，狄倫全神戒備地四處看，壓根沒在聽珠珠說話。突然，一股強大力量從海底竄出，把他們兩人分開來。狄倫被海水弄痛了眼睛、嗆到了喉嚨，但他知道鯊魚終於來到他們身邊，他很快就要面對牠的……微笑？

他沒看錯，牠是對著他微笑！而且，牠是……

「……海豚？是……海豚？」狄倫錯愕的說。眼前這隻永遠有著和善的眼睛與笑容的海豚，連續用頭點水，好像在向狄倫打招呼。

「牠是烏背海豚，『多多』。」珠珠忍著笑說：「我可以向你保證，牠不是鯊魚。」

他明明看到背鰭的……現在他當然也看到「氣孔」了。

狄倫錯認，再也沒有任何事比這更糗的了。他暗暗放掉手中的小樹枝，任它隨水而去。

「我聽到妳喊救命。」他訕訕的說。

「我們在玩，牠啣著我的手臂要我陪牠游入海中，沒想到讓你誤會了。牠實在太調皮了！」珠珠作狀拍打多多的吻部。對於狄倫的誤會她想笑又不敢笑，她很意外他出現在情人灣，拯救被「鯊魚」攻擊的她。那是需要很大的勇氣呀！

難道……？不！這只是他騎士精神，無關乎……「其它事」。

「狄倫，……謝謝你救我。」珠珠低著頭輕撫多多，不敢看狄倫，也禁止自己猜想他救她的動機。

「牠就是妳之前提到的，擱淺在沙灘上被救活的那隻？也是那天跟著船游的那隻海豚？」

「是的。你可以摸摸牠。」她刻意加了一句：「牠不會咬人。」狄倫好沒氣的瞪她一眼，她又糾正道：「牠的咬和鯊魚的咬不一樣。」

他當然知道。狄倫心裡好沒氣的想。他游過來，伸手撫摸牠如明鏡般光滑的皮膚。多多扭過頭，輕咬狄倫的手臂。牠只是調皮，想要人陪牠玩。

「我喜歡海豚，每當我看到牠們在浪花上嬉戲，不禁羨慕牠們的敏捷與聰明。」

「妳覺得牠們代表著海浪的精神是嗎？」

珠珠睜大眼睛看著他。

「怎麼了？」

「呃⋯⋯沒有。」她連忙掩飾自己內心的驚訝，道：「在我心中，牠們確實代表著海浪的精神。」

「牠可以像電影那樣載人嗎？」狄倫問，躍躍欲試。

「可以，抓住牠的背鰭。」

「多多，你願意帶我游上幾圈嗎？」他問。多多點了兩下頭，調整方向，讓狄倫抓住牠，然後緩緩游出去。珠珠在原地踩水等待，開心地看著。

狄倫從來沒有如此特殊的體驗，新鮮又奇特。多多善待狄倫，沒故意把他帶入水中，不過，這樣玩就夠狄倫回味無窮。數回合之後，狄倫心情大好，直呼痛快。

最後一趟結束，他游出水面，帥氣地甩掉臉上的水。「哇喔……牠的力量好大！」

「牠還會用鼻子將人頂起來呢。」

「這招就免了，動保團體會說我虐待動物。」

「牠嚇到了你。」

「嚇我的人是妳。」狄倫責怪似的瞪她。「以後沒事別亂叫。」

「我又不是故意的……。」珠珠囁嚅說。

「幸好不是眞的鯊魚，否則要拿機關槍對付才行。」

珠珠做鬼臉。「哪有人游泳還帶槍。」

狄倫用手指重重彈了一下她的頭。「哪有人要游泳也不叫一下，自己先偷溜過來。」

珠珠撫著被彈的地方，解釋道：「我上完廁所，遠遠就看到多多游來，一時高興就先跑來了。」她捧著多多的吻部，親密地逗弄牠。狄倫嫉妒起多多。

「這地方眞不錯。海水透明得清澈見底，像可以直接喝了似的。」

「海底風景更好！」珠珠說。

「可以浮潛？」狄倫眼睛一亮，但隨即黯淡。「可是我們沒有穿戴浮潛用具。」

「肉腳，你不會上來換氣嗎？」她笑罵一聲，接著就沉到水裡。

見狀，狄倫深吸一口氣，然後跟著潛下去。

一下水沒多久，狄倫就看到豐富的海底生態。各處礁石旁有色彩鮮艷的小魚，活潑地穿梭在如梯田般的玫瑰珊瑚、海草間，數量多到數不清。許多形狀可愛的貝類及海星緊貼在礁石上，狄倫伸手想摸，未料一隻海龜從礁石裡緩緩游出來，慢條斯理地瞅他一眼後離去，那眼神彷彿在說：哼，觀光客。

狄倫回頭找珠珠，看到她在前方不遠處以美人魚的姿態游泳，他的腦海浮現出「優雅」兩個字。

霎時，狄倫想到了蘿拉。

她也是以同樣的游法在游泳，兩人簡直如出一轍。眞巧。

氣不夠了，狄倫趕緊浮出水面換氣。珠珠沒上來，他吸飽一口氣後再度潛下去。他看到珠珠攀著多多的鰭往更深處游，她也往他這裡看，對他豎起了大拇指，他回應她同樣動作。顯而易見，珠珠的肺活量比他強。

海底到處都是美景，熱愛海洋的他百看不厭。

珠珠從下方游上來，那游法簡直跟美人魚沒兩樣，那胸型、那腿……狄倫看著看著，著迷了。

她衝出水面換氣，一會兒狄倫也游出水面。

「如何？很美吧？」珠珠指意海底景致。

他望著她喃喃的說：「很美……。」

珠珠毫不知情的高興，不曉得他另有所指。

「對了，漿都磨完了？」

「虧妳記得這件事。」狄倫消遣道。

珠珠不打算跟他承認她確實是忘了，故作不知情的聳聳肩。可是一下子就破功了，噗嗤笑出來，笑盈盈的模樣教狄倫看了差點忘記踩水，沉下去。

「這個海灣不錯，以後可以常來。」

「這個海灣通常只有情侶才會來，你是外地人不知道這件事。所有龍濱的女生男生都會來此處約會，故名『情人灣』。」

「只有情侶才會來是嗎？」

狄倫會帶誰來呢？他剛才不顧一切想救她，難道他……。

停！她不是對男人沒興趣、沒空嗎？忘了他的身分、來的目的嗎？他還是有女朋友的人呢。好煩呀，自從他來到龍濱，她就對他有許多雜七雜八的情緒。眞討厭！她不喜歡如此不切實際的自己！

珠珠別開了臉，不看他。

「……妳跟誰來過這裡？」明知故問，但狄倫就是忍不住。不知何故，他很在意她前男友，彷彿那傢伙隨時會出現。

「好熱喔，我們回去吧。」珠珠顧左右而言他。她拍拍多多的吻部，牠點了兩下頭之後，消失在水面下。她煩亂地逕自游開。

狄倫追上她抓住其手臂，強迫她停下來。

「爲什麼不回答我？」

「我很好，我有……你沒有……。呃，我只是游太久，熱了，眼睛也好痛，想快點回家沖涼。」珠珠胡言亂語，不知所云。

她急於擺脫他的箝制，狄倫只好鬆開手。

用過午餐後，珠珠又要出門，才把腳踏車牽出來就接到一通電話。她聆聽對方說話，聽著聽著眉心逐漸打結。

「不能再便宜一點嗎……？好吧，……謝謝你。」切斷通話後，珠珠顯得心事重重，因而差點撞上狄倫。「喔，對不起。」

「珠珠瞧妳走路不專心的樣子，騎出去還得了。在想什麼事？」

她把頭髮撥到耳後。「我替孩子們買馬賽克磁磚，但賣方不願便宜賣我。」

「經費不夠？」

「是啊。不是只有這一項，孩子需要很多東西，但……算了。沒事。」她不想跟他抱怨這件事，這容易讓人產生一種「她很需要錢」的感覺──儘管這是事實，能不提就不提。「借過。」

狄倫讓開後立刻從褲子口袋拿出手機撥號，珠珠狐疑地瞅著他。電話那頭很快有人接聽，狄倫開口說：「林祕書，我是殷狄倫。妳和我們的建材廠商聯絡一下——」

「欸！狄倫，你在做什麼!?我不需要你的幫忙！」珠珠伸手欲搶走他的手機，企圖阻止他的施捨行爲。

狄倫靈敏地把手機換到左手，仗著身高的優勢，伸出他的大掌貼住珠珠的臉，將她推開一臂之遠，不讓她干擾他說話。

「請他們寄適合小朋友使用的馬賽克磁磚來龍濱區。數量以能夠裝飾一所學校爲主，更多也無妨。儘速寄來。」

珠珠氣呼呼的撥開他的手。「我不要你幫！」

「別搞錯。我是幫小朋友們，不是幫妳。」狄倫嚴正聲明。「再說，讓小朋友完成作品比妳的骨氣重要，所以請暫時放下沒有必要的自尊把這件事辦好。」要她公私分明。

珠珠徹底的說不出話來。他說得不無道理，但她還是很生氣。

珠珠放話：「狄倫，你不要以爲做了這件事就會改變我們的決定。」

「八千萬元無法收買你們的心，小小的馬賽克磁磚又豈能做到？」狄倫自嘲道。

「哼，炫富。」珠珠故作不屑。

狄倫由著她謾罵，絲毫不在意她的貶損。

「本公司旗下慈善基金會的資金確實不少，有錢好辦事，讓小朋友有充足的教材發揮專才最重要。」

珠珠實在想不出任何藉口回絕他的好意，又氣這件事竟然在她面前發生，只好甩頭就走。

「妳要去哪裡？珠珠。」

「學校。」

「我可以跟嗎？」狄倫看出她想拒絕，於是伸出小拇指晃兩下。

「好啦，知道了啦，不用你提醒。」她小聲嘟囔。「跟屁蟲。」

「我有聽到妳在罵我。我只是怕妳忘了我們的約定。」狄倫看著她將腳踏車放回原處，再跟著她走。「下午要教什麼？」

「你當我那麼厲害什麼都教。我只是去整理學校的花圃。」

「妳都可以跟海豚溝通了還有什麼不會？」

「謝謝你的恭維！」珠珠忍不住笑出來，「我今天才知道自己『什麼都會』。」

「妳應該對自己多點自信。」他評估地說：「憑跟海豚玩這一點妳可以給自己……七十分。」

「才七十分？」她質疑的挑高眉毛。「另外三十分怎麼了？」

「我還不瞭解妳。」

「如果你瞭解我多一點，會給我一百分？」

「不會。」狄倫斷然的說：「沒有人一百分。」

「哦，是嗎？」珠珠懷疑的問：「包括你的女朋友蘿拉？」

「她是很高分的女子。」

珠珠鼻哼道：「蘿拉雖完美卻未達滿分。哼，你的要求眞高。這樣評論自己的女朋友，不怕被揍？」

「蘿拉不是暴力女子。她是——」

「『頂級EQ美人』，不用你說我知道。」

「妳對她的瞭解也是來自報章雜誌。」

珠珠大聲否認：「不！我知道很多關於她的事，而且資料來源不是來自報章雜誌或網路。」才說完，立刻露出一副「多嘴了」的後悔表情。她悄眼看狄倫有什麼反應。幸好，他被某種事物吸引。

「他們在做什麼？」

珠珠順著他手指的方向望去，一處已收穫完畢的農田四周被木柱與木板圍住，但只完成一半，有一名老農正在努力完成另一半。別處的田土是乾的，只有此處泥濘不堪。

「那是爲了廿日的活動所做的準備。」她說。

狄倫想了想，說：「是『捉豬』嗎？那是什麼活動？」

「傳統活動之一。」她簡要的說，眼睛一直看著農田。

「謝謝，妳解說得眞詳細。」狄倫好沒氣的說。

「都說得一清二楚那還有什麼好玩？到時候你就知道了。」

「我能參加嗎？它也有分組嗎？」

珠珠不可思議望著他，說：「狄倫，你真熱衷參與耶！若是為了博奕案，那你也太投入了。」

「喔，拜託！別把我任何行為都與博奕案相連結。」他求饒的說。

「好吧。那是一種很危險的活動，我勸你最好別參加。」

「你們都不怕，我又怎能當膽小鬼。」

珠珠賞識地看著狄倫。那眼神讓狄倫有當英雄的感覺。

他又說：「我以前常跑別的國家，體會當地的生活文化，試著從他們的角度想，為什麼會產生如此獨特的活動。有助於幫助我思考。」

「也有利於你的工作？」

「是。例如……我只是舉例子，妳別急著生氣。」他趕緊澄清，見珠珠默許他繼續說下去：「例如我們可以將龍濱區劃分為兩塊區域，一邊為博奕特區，另一邊則保留原始模樣。如此一來，互不混雜，也能為這裡居民提供就業機會或生活上的便利。」

珠珠眼睛盯著腳下的道路，耳朵則聽著狄倫侃侃而談。

「……有了博奕的稅收，龍濱區的醫療及教育都可獲得改善。必要的話甚至可以立規定，非龍濱區居民不得擅自進入保留區……或保護區。隨你們決定名稱。」

珠珠不再盯著道路，轉而看著狄倫。狄倫以爲她準備要修理他，但什麼也沒發生。

「現在很少出國？」她突然問。

他點頭。「工作，沒空。」

珠珠忍不住揶揄他：「你有認眞工作？不是很愛玩衝浪？」

「偶爾啦，又不是經常。」他急忙解釋。「我經手的金額動輒數千萬、數億，壓力很大，需要抒壓。」

珠珠撇撇嘴角，揶揄道：「是喔，辛苦你了。」

狄倫對她的嘲諷不以爲意，倒是很好奇另外一件事。他停下腳步，眼神充滿興味的說：「妳對我似乎很瞭解。」

珠珠嚇到似的連連往後退，連忙否認：「我哪有？」

有必要反應那麼大嗎？狄倫往前逼進一步，說：「我就是有那種感覺，具體說不上來……但應該和博奕案無關。」

珠珠像怕被他看穿，迅速把頭轉開，低下，企圖躲掉他的注視。不過，頭上傳來他大膽的猜測，說：「妳……該不會喜歡我？」

珠珠猛地將頭一抬，既驚又惱的怒視他。「你……你說什麼？喜歡你？不不不不……！」她把頭搖得像波浪鼓似的，配合雙手揮動，好像與他連結是某種骯髒污穢，恨不得趕快隔離。

他失笑。「喜歡我有何不好？只要是女人，多少都會喜歡我一點。」

珠珠瞠目結舌他的自大。「狄倫，月下老人是不是把紅線全纏在你身上了？這麼自戀！」狄倫憋著笑，喜歡她毫不掩飾的嫌惡。「你不對我的眼，狄倫。最重要的是你有女朋友。」

「如果我沒有女朋友呢？」

雖然告訴過自己不要隨便亂開她玩笑，但他仍忍不住拋出「假設題」以為可以嚇嚇眼前這個小女人——假如她對他真的有好感。豈料，珠珠聽後並沒有如他所預料。

她側著頭，抬高下巴瞅著他，冷笑地問：「怎麼，要為了我與蘿拉分手嗎？」

狄倫揚起眉頭。「人生有無數可能。」

「你對愛情不夠堅定。」珠珠說，同時雙手交叉於胸前，充滿防衛性。她無法分辨他是調情還是操弄？對這個男人而言這兩者可能沒差別。

這動作看在狄倫眼裡。「妳告訴我，有什麼事物是永遠不變？約定好的愛情、簽定了的合約？」

「聽起來，你似乎不相信愛情。」她又問：「你被女人狠狠甩過啊？」

「這是兩回事。」一說完話狄倫率先往前走，沒有正面回應。

珠珠看著他的背影，心中隱隱補捉到什麼，但又說不上來。無意間瞥見老農身影才想起某件事，連忙叫住狄倫：「狄倫，你等一等！要不要幫個忙？」

狄倫轉過身，「什麼忙？」

珠珠還沒回答，這時傳來小樂的叫聲：「珠珠，妳怎麼還在這裡？快上車，阿勇要帶我們去學校。」

珠珠轉頭問狄倫：「你可以幫他把這個圍場做好嗎？我自己去學校。」

狄倫不怎麼情願的點頭。「好吧。」

「謝謝！」她感激的說，然後跳上車，揚長而去。

「你好。」狄倫向老農問好，朝他走去。「我來幫你。」

老農曬黑了的臉龐露出大大的笑容。

「多謝！你人眞好。叨位來欸？」

「我有看到喔！」小樂從前座往後扭過身說。

「妳只是看到，什麼都不知道。」

「再這樣繼續下去應該會有好消息。」

珠珠匪夷所思的瞪著她。「妳被太陽曬昏頭了嗎？別再胡說八道！」神色卻不自然。

「我是指你們會成爲『朋友』，沒別的意思。」小樂賊賊的直視她。

「我們只是閒聊，沒別的。」珠珠訕訕的說。

「你們聊什麼？」

「這麼好奇，不如妳去當他的嚮導。」

「好啊。」

「咳！」鍾海勇提醒她他的存在，「當我隱形人啊。」

小樂趕緊抱著他的肩膀，用溫柔的語氣說：「我哪有？你這麼『大叢』，很難忽視耶。而且我心裡滿滿的都是你，夢裡也有你！」

珠珠降下車窗，視線調向外面，免得吐出來。

「你們倆個還可以再噁心一點沒關係。」

「阿勇，你看你妹啦，自己單身卻見不得人家甜蜜。要幫她介紹男朋友又不要。」

「她不離開龍濱，妳上哪兒幫她找男朋友？」

「有個自投羅網的殷狄倫啊。」

「不行！」鍾海勇好大的反應。

珠珠早已猜到她會說什麼，見怪不怪。事實上，小樂一開口，她就可以看進她喉嚨深處。

「依我看，非常可行。不但解決單身公害，還可以替海智哥報仇喲！」

「妳惟恐天下不亂，非要亂出餿主意不可？」鍾海勇輕微斥責她。

「愛聽不聽，僅供參考。」

鍾海勇還真拿小樂沒辦法。不過，她的餿主意倒是給了他另一個靈感。

「小妹，」他開口說：「既然那傢伙要跟我們相處幾天，妳就好好給他洗洗腦，讓他打消主意。」

「你不會自己去『洗』喔。」珠珠朝他後腦勺發出激光雷射。「什麼事都落在我身上，我幾時當和平大使了？」她在後座發著牢騷。

「總得有人犧牲做這件事嘛。」

「等我自願。好嗎？」珠珠加重語氣的說。

「好吧，就等妳自願。」小樂說，「到時候龍濱就淪陷了。」

「……博奕也沒什麼不好。」珠珠小聲的嘟囔。

小樂詫異的瞪大眼睛，驚呼：「妳是誰？妳把我的好朋友怎麼了？」鍾海勇也忍不住在開車中回頭看她一眼。

事實上，連珠珠自己都嚇一跳。她並非樂見龍濱變成博奕特區，進而成爲聲色場所。可是，若改變可以帶來良好改善也未嘗不是好事。

只要規劃得好。

＊　＊　＊　＊　＊　＊　＊

深夜。

蘿拉難得有空閒得以在自家陽台吹吹風，順便偷偷品一支淡煙。這可不能讓別人發現，否則不曉得會被寫成什麼樣。香煙對她來講可有可無，壓力大時，總要有個發洩口。

思及此，蘿拉又吸一口煙。

事實上，最近通告、活動都少了，沒壓力可言，直到她接到一張邀請函。是一張普通的邀請函，可去可不去，卻因這帖子而在這無聊的夜晚憶起往事……

十多年前從故鄉到大城市工作，辛苦過程與一般人無二異，沒錢時吃泡麵，喝白開水，她甚至不知道該找什麼適合的工作來發展夢想——她想當大明星。

現在想想，眞好笑，當年的她連如何打扮都不會就夢想當明星。她是漂亮，但離「引人注意」還遠得很。她的工作都是無法觸及夢想的職業，所以經常換工作。直到她應徵到攝影助理。她著迷地睜大著眼睛看別人擺姿勢拍照，學習化妝師、服裝師的專業。她在旁臨摹許久，認爲自己條件不比別人差，只是時運不濟。

某天，她趁攝影師趕行程不在，自己挑衣服、化妝，拍了幾張照片過乾癮，攝影師卻突然出現，正要拿起照片破口大罵時才發現自己差點錯過眼前的珍珠。

蘿拉又深深吸一口煙。她是幸運的。雖然過程辛苦無比，甚至一度被黑社會挾持拍戲領少許片酬，那是鮮為人知的往事……不過，總算有今天的成就。

她在模特兒界待久了——也不過十八年，已經是「資深」藝模——靠著外形尚能接到代言活動及電影演出。然而她年紀不小了，想在被汰舊之前找人嫁了。狄倫是她評估後最佳對象。只是不知道他眞正心意如何？和他這種家世顯赫的男子交往挺令人膽戰心驚；交往之前就聽聞他有數名女朋友，交往之初她靠自身魅力和努力一一擊退對手。縱然如此，還是不確定有沒有抓住他的心。

目前看起來他是認眞的。可是，能維持多久呢？

倘若眞與狄倫結婚就一定會「從此過著幸福快樂的日子」？他花邊新聞可不少。她的青春有限，後起之秀源源不絕，她內心好沒安全感……。

她是怎麼了？對自己這麼沒有自信？她可是女神啊！應該有比別人更有強大的心理素養才對。蘿拉搞不清楚自己，感覺今晚特別混亂，像繃緊的皮球洩氣了。

若有個男人全心全意愛著自己，不必擔心他變心，那是多幸福的事……蘿拉心底悵然若失。

她曾有過。

是年少純純之愛，彼此傻氣地山盟海誓，男孩深怕她不信，對著月娘發誓今生只愛她一人，否則遭雷劈。

雷若眞劈無情人，現今男、女各死一大半，有情人能剩多少？蘿拉苦笑。

若當初和男孩永結同心或許已有小孩讀高中，生活只有柴米油鹽和無趣也過得去，絕對不用擔心愛情跑了。她知道男孩的心是堅定的。

他應該已結婚了吧？誰是他的妻？他們有多少兒女？他們夫妻感情一定不錯。她很瞭解他，肯定將老婆捧在手掌心呵護。

現在的她擁有許多美好事物，反而得不到最珍貴的愛情。她從來沒有在幾段愛情裡找到安全感。愛情如手中沙，抓愈緊流失愈多。這是世事難兩全還是現世報？

她負了他……。

當她的名氣愈來愈響亮，她給他的訊息就愈來愈少，甚至覺得他煩，配不上她。他應該可以感受到她漸漸敷衍的語氣和冷漠的態度。她的第一次緋聞登上新聞，他打來問她，她低聲承認，他沉默的掛斷電話，從此再無音訊。她並不在乎，因爲工作忙得讓她只能專注眼前的事，過往的事就沒放在心上。她有了工作，有了戀情，相對的同樣也會有工作不順，眞心付出卻被情人甩的慘狀。她只能打落牙齒和血吞，似乎體會到他當初被背叛的心情……。

今晚，蘿拉特別多愁善感……。

狄倫在龍濱的事辦得如何？有進展嗎？已經第三天了。她有聽到他的語音留言，不過她沒有打給他。

適度保持距離是狄倫欣賞蘿拉的優點之一。她知道，急沒用。

這種不冷不熱，沒有情緒起伏的感情生活，眞的是妳想要的嗎？有個小小聲音出其不意的問蘿拉。

蘿拉嚇一跳，香煙掉在地上。

她錯愕又茫然的看著手，良久未回神……。手機陡然響起。是經紀人打來的，不接不行。

蘿拉按下通話鍵，彼端傳來虛情假意的問候：「蘿拉，妳好嗎？還沒睡？」

「有什麼事値得你這大牌經紀人半夜吵我睡覺？」

「我在妳面前只是小咖。」他語氣哀怨。

「你眞謙虛，沒有你又怎麼會有我。」這是實話。要不是胖哥她不會竄紅得那麼快。他有相當高明的手段與宣傳技巧。

「妳眞這麼認爲我會很高興。想不想讓我變成眞正的大牌經紀人？」

「你已經是了。」

「自從妳推掉二個八位數代言產品還有其它我不想說的活動之後，我就成了別人的笑柄。妳到底在想什麼呀？我的大小姐！」胖哥終於露出眞心話。

「……我累了。」。

「不過是拍兩個代言或露個臉的活動，不會佔妳太多時間。」

「我有露臉啊。」

「那都是小菜幾碟。大餐呢？」他指的是大型活動。「最近不積極哦，有錢卻不想賺一定有原因。隨便什麼，給我一個理由。」

「沒有理由就不能休息？」吸血鬼。蘿拉心想。

「我發覺妳現在缺少危機意識。說，妳是不是想退出演藝圈？是嗎？」胖哥試探地問，但蘿拉依舊不吭聲，他姑且將之解讀爲沒有這個打算。「好。我再給妳三個星期休息，之後乖乖給我賺錢。」

蘿拉「喔」了一聲當做回答。

「對了，妳和狄倫怎麼樣了？」

「什麼怎麼樣？」

「記者給我看一張照片，問我你們是不是好事將近？」

「什麼照片？」

「妳和狄倫在沙灘親吻的照片哪！」胖哥激昂的說。「這麼高調曬恩愛，難怪人家打電話問我。」

「八字還沒一撇，就愛補風捉影。」蘿拉懶懶的說。

「不是去『吉蘭』挑了戒指嗎？」

「是項鍊。」蘿拉很喜歡，這會兒戴在她漂亮的頸子上。

「喔，項鍊呀，那太可惜了。」他的口氣聽起來是很惋惜。「他的條件不錯，好好把握啊。」

還用你說。「知道了。」

「別忘了當初妳信誓旦旦，目光迥迥有神堅定地告訴我，妳不但要名聲還要錢。演藝圈是很現實的，休息太久會被遺忘。」胖哥善意但尖銳的提醒她。

話說完，經紀人自行切斷通話，把決定留給蘿拉。

當你拼盡全力爭取想要的東西時，也要有承受額外傷害的勇氣。工作是這樣，愛情也是。

停頓未超過三十秒，又來一通電話。這回是東方快報的記者，一個討厭卻又得罪不起的角色。

「你好。」

「蘿拉，妳好。我是東方快報的華泰，可以打擾二分鍾嗎？」

她能拒絕嗎？「什麼事？」

「今年底妳和殷狄倫將要結婚。」他說的是肯定句。想套她的話。

「我要結婚怎麼我自己不知道？」蘿拉冷哼道。

「就算不是眞的，至少也代表你們感情穩定。因爲聽說你們挑婚戒了！」

又是「聽說」。「我說華泰呀，不知道告訴你的人是不是大近視眼，把項鍊墜子看成戒指。」

「是項鍊啊。」他的語氣無限可惜。「你們兩個郎才女貌，而且在沙灘上不顧旁人眼光熱吻，要說你們好事未近實在沒人會相信。看在以往的交情，妳可以透露點好消息給我吧。」
誰跟他有什麼鬼交情？盡寫她負面新聞，還瞎掰故事。
「眞的沒有。有的話大家都知道。」蘿拉說，按捺想抽煙的衝動。
「我知道就好，可別人人有份！」他迫切需要獨家新聞。「不過蘿拉妳可要加把勁，畢竟殷狄倫搶手的很，虎視眈眈的女星又多，一不小心到口的鴨子就飛了。」
「謝謝你提醒。」
華泰聽得出她言不由衷，哪壺不開提哪壺的說：「當初妳也是從別人手中搶走他。」
「甘願被我搶才搶得走。」蘿拉腦海浮現一群美妝女子不顧形象瘋狂搶奪狄倫的畫面，不禁感到好笑。
「依妳本身條件要擄獲男人的心很簡單，蘿拉。」
蘿拉知道記者口中的「條件」指的是她姣好身材，也清楚普羅大眾認爲她色誘狄倫。不過，她自認自己只是擅用老天給予的恩賜，沒做錯事對不起誰，沒什麼好羞恥。工作方面她有付出努力也很盡責，但大眾只看到她光鮮亮麗的一面，這讓她感到厭惡又沮喪。誰教她是藝人，就算被人「意淫」也是避免不了的。
「我和狄倫是正常交往，什麼事都沒發生過。愛信不信隨便你。」
「是──喔。那很好。」但心裡卻不這麼想，因爲這樣就沒爆點了。「既然這樣，乾脆一點告訴我，你們到底有沒有結婚的打算？」

「眞的沒有。」眞實答案有這麼難接受？

「好吧。」他勉為其難接受。「有任何好消息別忘記通知我。再見。」說完，逕自掛斷電話。

蘿拉關掉手機的電源，不想再被任何人打擾。

重新點燃一根煙，她抽了幾口，突然覺得煙的味道變苦了。未成名前她是煙酒不沾的，現在會抽煙、喝酒、熬夜、說謊……。為了展示自己被眾人喜歡，她犧牲太多，也「質變」太多了。

最後，蘿拉撚熄了煙。

她是眾星拱月之人卻常常感到孤獨、無依無靠，即使在狄倫身邊也是。她渴望愛情與被愛的呵護，就是沒有感受到來自他的安全感。

當心中有被愛的溫暖，內心的起伏就會減少。她悲風傷秋地憶過往難道是因為沒有感覺到愛？

為什麼城市裡總是不容易看到星星？雲層太厚？如寶石般的燈光太亮？蘿拉仰望天夜空感慨萬千。

她心裡有數，城市的月亮是孤單的。

不用急，下星期日她就不會了。

第五章

五月十八日　星期四

賀協理坐在辦公桌前揉揉額角，頭疼不已。他的早餐還擺著未吃。

他討厭現在的工作，討厭每天早上起床的那一刻，討厭像驢一樣忙了一天後，下班迎接他的是一室孤寂，日復一日，卻不知道追求的是什麼。天曉得，當時聽到被錄取他有多高興！那代表一切順心，事事順利。可以賺很多錢，到知名咖啡店品咖啡，假裝自己有格調。或許奮鬥個幾年後可以存錢買房子，接下來結婚生子。一想到這美好的未來，他立刻走馬上任！

如今他好歹也混到協理。然而，工作的壓力隨著職位愈高而愈重。尤其是最近「博奕案」，搞得工作團隊心力交瘁不說，他還得親自到龍濱出差，眞是一件苦差事。龍濱那些海人要那麼容易說服就好辦了，偏偏他們一個比一個頑固，就算捧著錢到他們面前，他們也不會答應。如果可以，他甚至希望別再因公踏上龍濱。

爲了得到一份高薪工作，他犧牲多少又得到多少？結果，他只得到高薪，其它犧牲的並沒有同樣在這裡——這個大城市、大企業——獲得相對的報酬。整日坐在辦公桌前，他的肚子厚了一圈。想找地方運動只有兩個選擇，一個是需繳費的健身房，另一個是免費但戕害肺部，緊鄰道路的公園。

運動還要繳錢？眞是笑死人了。

他的老家空氣好得不得了，想怎麼運動都可以，而且免費。

別的女人或許不想結婚生子，但他的女朋友就不一樣，她想要有個眞正屬於自己的家。暗示他很多遍，他要不裝傻，要不說再多存幾年錢。總之，能拖就拖。直到她死心了，與他漸行漸遠。終於有一天她提出分手，他只能接受。能怨嗎？不能。他心知肚明自己的處境。他的高薪在這高消費城市根本不足以買房、買車。貸款？感覺這負擔一點也不「甜蜜」。

沒有多少女人願意陪像他這樣條件的男人一起負擔；他不止一次在茶水間聽到公司女同事高談闊論擇偶條件，必須高、富、帥。不能怪女人勢力眼，她們應該有基本保障。但除非他找到一個願意和他一起吃苦的女子，否則這輩子要當光棍了。

賀協理不由得想起前女友的美好……他應該先娶她，再一起打拼。他最近常想起她，卻沒有勇氣打一通電話給她。她應該也不會接，當初分手分得很不愉快。

衣錦還鄉，是老一輩才有的榮耀。

他能維持表面風光，已不容易；大環境就是這樣糟，可以光宗耀祖的事只剩他在大公司任職。協理，一個微不足道的職稱。自我介紹時，沒足夠底氣充滿自信的說出來。
賀協理悲風傷秋完後開始用早餐，電話在這時候殘忍的響起。
他無奈地拿起話筒，公式化的語調說：「您好，我是賀以翔。有什麼地方可以爲您服務？」
「賀協理，過來我的辦公室。」是董事長，殷雄。
賀協理放下電話及早餐，趕緊過去。
甫踏進顯示殷董身分、地位的氣派的辦公室，賀協理目不斜視的朝殷雄直直走去。站定後，他輕喊：「董事長。」
「你這幾天有空嗎？」
「有。」
「你明天啓程去龍濱區，協助總經理。可能會需要幾天時間，所有支出算在出差費。」
「是。」
「龍濱區你也去過幾次，找機會拜訪你上次提過的『次要人物』。」
「……是。」
「祝你順利。去忙吧。」
賀協理轉身離開辦公室。

回到座位，他決定先把早餐吃了再做事，驀然看到被壓在最下方的那張請柬……剎那間，胃口盡失。

＊＊＊＊＊＊＊

連結的帳篷下早已聚集人群，甚至有本島愛好海泳者聞訊前來，大家的裝備都很齊全，唯獨狄倫例外。他只有簡單的潛水衣，尺寸還小了一號，正好沒貨，但反而顯現出他精壯的身材，讓男人嫉妒，女人仰慕。

他和鍾家三兄弟在同一帳篷下，各自暖身。

「狄倫。」鍾鎮亥走來關注他。「狀況如何？海泳沒問題吧？」

「沒問題。鍾區長。」

「沿途會有海巡及魚船注意參賽者的安全，若有任何不適吹響你的哨子，他們會過來幫你。」

「好，我知道。」

「之前參加過海泳嗎？」

「沒有。」

「小心點。」鍾鎮亥顯然不放心。

「我會的，謝謝您。」

鍾鎮亥轉身的同時，珠珠和小樂朝他走來。

狄倫驚呆了……。珠珠身著藍白相間的連身泳裝，雖不性感卻緊緊抓住他的目光。她看上去就像隻可愛的海豚！這太沒道理了。通常爆乳性感美女比較吸睛不是嗎？蘿拉的五官比她更完美，兩人不同類型的女子，但珠珠同樣擁有某種無以名之的魅力，從第一眼見到她，就時不時一點點一滴滴地給他不一樣的感覺……。慢慢發掘……漸漸的他就……。

還有，她的腿眞漂亮，可以和蘿拉的腿媲美。他暗想，原來自己是「腿控」。

狄倫就這麼注視著，彷彿全世界只剩下她與他。

珠珠毫不知情的走到面前將手中物品遞給他。「狄倫，你竟然忘了拿浮標！」

狄倫從恍神中回神。「吭？喔，謝謝。」他接過後，將連結著浮標的繩子纏在手腕。

「妳也有參加？」

「嗯。『兒女組』晚一點才開始。我們現在要去搓湯圓，海泳完後可以吃。」

「哦，太棒了……。」他想品嘗的只有她。在她身上塗滿蜂蜜，然後……

珠珠望著狄倫笑盈盈的說：「我們的湯圓很小顆，像魚蛋。游完後你可以好好嚐嚐。我們有很多口味，鹹的、甜的、油炸的，總會有一樣你愛吃。」

狄倫眼裡閃爍著不一樣的光芒。「好。我很期待品嘗……。」

珠珠在他不尋常的注視下有些不自然與尷尬，似乎隱約察覺到「什麼」。

小樂感覺有股不尋常的氣氛在倆人之間流動。她好奇地觀望著。

這時候，廣播器傳來集合通知，所有人朝南仁碼頭移動。

「你……呃……要小心。」珠珠彆扭的說。覺得不應該關心他但又克制不住自己。

「我會的，珠珠。妳也要小心。」他對她說同樣的話，然後轉身大步離去。

珠珠凝望著他的背影，不禁笑了出來，他那小一號的潛水衣眞不合身。不過，他的身材很精實，沒有一點贅肉，那雙肌肉結實的長腿邁開大步走時，彷彿連強風也吹不倒他。

狄倫的身分與到來的目的早就在龍濱傳開，大家對他好奇多過猜疑，討論多過爭辯。龍濱就這麼一丁點兒大的地方，任何風吹草動都有能引人注意。更何況，他是個帥氣的型男。

珠珠不應該這麼想，仍克制不住盯著狄倫看。殊不知，三位哥哥都正在不約而同看著她，用不認同的眼神傳達意思。

「怎樣？」她抬高下巴，帶著戒備的口吻問。

「妳離他遠一點。」鍾海仁出聲說。

「你以爲會發生什麼事？」珠珠防衛性地問。

「最好任何事都不要發生。提醒妳，他只是一名過客，而且是不受歡迎的過客。他是商人，舌燦蓮花，不管他對妳說什麼，姑且聽聽就好，千萬別當眞。」鍾海仁話中有話。

珠珠很敏感，一聽，立即回應：「你在指控我什麼？你們三個不跟他說話就算了，爸叫我帶他瞭解龍濱我能不跟他說話嗎？你認爲他會跟我說哪些舌燦蓮花的話？舉個例。」

小樂聳聳肩，「『我愛妳』？」然後等著看好友發飆。

「想太多！」珠珠憤然轉身離去。

海泳開始，一群人像下餃子似的跳下海，漁船在適當距離內保持警戒。

半小時之後，「兒女組」也下海了。

今天天氣雖好，但受到潮流的影響，每個人都游得很辛苦。

珠珠和小樂幾乎是同時上岸。她們先去吃湯圓，補充體力，一邊等待長泳組。

一小時後，陸續有人回來，珠珠翹首觀看是否有狄倫，不過都落空。

許久之後，多數長泳者都回來了，鍾家兄弟也回來兩個，反而未見擅游的鍾海仁和狄倫。珠珠心急的詢問父親，得到：「再等十分鐘看看。」的回應。不過，他已拿出手機聯絡海巡，可見同樣著急。

不知道任何消息，只能盲目的空等待，珠珠感到不安。

海泳有危險因子存在，所以規定要帶浮標或浮板及哨子，最重要的是身體狀況要好。狄倫有腳傷，她甚至不知道有沒有好轉？她應該事先問他。若他出事怎麼辦？他現在在哪裡？他遇到什麼狀況？二哥呢？怎麼不出事則已，一出事，兩人都不見。

珠珠想像各種可能的狀況，低頭看到自己那碗沒吃完的湯圓。

若狄倫平安回來，她會帶鮮花素果到廟裡感謝神明，還要準備一碗湯圓給狄倫吃。只要他平安回來！珠珠心裡默默祈禱。

終於有消息了，海巡已經找到他們。

原來他們遇到強勁海流，偏離路線，一路往外海方向漂去，根本游不回去，只能在海上載浮載沉，直到海巡發現筋疲力竭的兩人；海巡將他們救上船前，他們僅以一個浮標漂流近兩個小時。上了船，他們全身癱軟在甲板上，動彈不得，還有失溫及脫水現象。

現在他們平安沒事，藍醫師剛看過他們，只要他們想回家隨時可以走。十分鐘前鍾海仁才離開。

「你可以領到一面英雄錦旗，狄倫。」藍醫師腋下夾著病歷表，對他說：「這個消息會傳回本島。」

「可以隱去姓名嗎？」被貼上英雄的標籤，狄倫覺得渾身不自在。

藍醫師用筆指著他。「我欣賞你！你可以留下來。」

「……藍醫師，請教你一個問題。」

「說。」

「你爲什麼來龍濱區當醫師?」

「本島的醫師多到溢出來。」

「我不相信沒有你容身之處。你又不是通緝犯,要來這裡也得自願才行。是什麼原因讓你定居於此?」

「陽光、空氣、水和一個單純的好女人。」

「簡單的因素。」

「複雜不適合我。」藍醫師又說:「也不適合你。事實上,任何人都應該親近大自然。龍濱島是個天然的過濾器,她有著神奇且神祕的力量,來過這裡的人都會變得不一樣。」

狄倫笑了一笑。「你也反對博奕案?」

「可有可無,只要那群海人贊成就行。」藍醫師不置可否的說。「嘿!我可以給你一個建議嗎?如果要做必須有別於現有賭城。」

「我會考慮。」這還要你說?狄倫心想。

「我只是隨便說說,你就隨便聽聽吧。」藍醫師漫不經心的說。忽然道:「喔,有人來看你了。」

狄倫回頭看,笑顏逐開。「珠珠。」

「你好點了嗎?狄倫。覺得如何?」珠珠拎著提鍋,把它放在病床旁的櫃子上。

「快餓昏了。」

「媽媽煮了魚粥。」說罷，替他盛粥。像上次一樣。

「我差一點就喝到湯圓。」狄倫惋惜的說。

珠珠連忙說：「我也有帶湯圓來！」另盛一碗遞給他。「甜的。」

狄倫接過碗大口大口的品嚐，感覺好吃到爆。

「妳對他很好喔。」藍醫師還沒走。

「我對你也很好啊。」珠珠嬌笑著。

「是嗎？我也救人無數，從來沒甜頭。」

「下次我帶一大鍋甜湯圓給你。」

「厚此薄彼。」藍醫師搖頭表示不滿，一邊走開一邊沒完沒了的碎碎唸：「見異思遷，喜新厭舊，事過境遷，見色忘友……」

珠珠把注意力轉回狄倫臉上。「還要嗎？」

「整鍋給我。」

珠珠坐下看他津津有味地吃著，臉上帶著一抹不同以往的微笑。

「怎麼這樣看我？對我有意思了？」他開玩笑的說。

「謝謝你救了我二哥。」

當時，鍾海仁和大家一起下海。半小時之後，鍾海仁一個不小心讓浮標漂走，爲了追它他稍稍偏離路線。可是，今天的海象不好，他被海流帶遠了，不但追不上浮標還游不回來。游在後面的狄倫遠遠注意到鍾海仁的困境，趕緊朝他游去。果不其然，鍾海仁眞游不回來。幸好狄倫及時出現，和他共用一塊浮標。可是，最後兩人都無法游回來。

狄倫埋首鍋中，直到吃完兩份食物，才心滿意足的說：「這是我吃過最好吃的一餐！」

「媽媽已經準備好眞正大餐等你回去吃，包你吃到撐。」

「那妳呢？」

「我？」她指著自己。「我怎樣？」

狄倫咂咂嘴巴，把鍋子放回櫃子上，然後躺回床上。

「他們似乎認定是我救了妳二哥，所以煮了大餐請我吃。那妳呢？妳要怎麼回報我？」

珠珠詫異的看他，不敢相信他竟向她要回報——就在她以爲他是好人之際。

「……你要我回報什麼？」她小心翼翼的問，擔心他要求的條件她給不起。

「妳要知道，救人一命，勝造七級浮屠。」

「你要錢？」

「我有很多錢。」他說，然後曉以大義：「而且人命無法以錢來定價。」

「你要我幫你『博奕案』？」

「不用了。這件事只憑妳辦不到，完全無能爲力。」

「那你要什麼？」

狄倫瞅著她，慢條斯理的說：「我要妳——」

或許是太緊張，或許是他眼中的某種神色令她不安，所以不等狄倫說完，珠珠從椅子上跳起來說：「我沒想到你是這種人！」

「停停停。」他好笑的截斷她的話。「聽我把話說完！」

珠珠深吸一口氣，臉上的表情停留在生氣和納悶之間。狄倫得緊抿著嘴唇才不致於笑出來。

「我要妳的友誼。」

珠珠一愣，表情更怪了。

「我們早就是朋友了啊。」

「妳指勾小指，蓋印章那次？那不算。那次妳答應當我的嚮導。現在，我要求的是妳要當我的『朋友』。」

她更不懂了。「不是都一樣的意思。」

「當朋友才能說眞心話，無話不談。導遊就只是導遊。」

「喔……我懂了。」她說。表情緩和了下來，心情卻有種說不上來是安心還是失落的矛盾。但她很高興他們成爲朋友。

「如何？妳願意嗎？」
珠珠聳聳肩。「好啊。你想聊什麼？」
「別急，慢慢來。我們先辦理出院吧。妳哥呢？」
「不用擔心他。」她回答。
珠珠奉命，他們離開醫院後要馬上回家。
他們才進門，鍾林明子立刻趨前給他一個大大的擁抱。
「謝謝你！狄倫。真的謝謝你！」
狄倫很少被人感激的一抱，全身僵硬得不得了。他回以輕輕一抱，拍拍她的背，表情有些尷尬。
「你絕對不知道你不僅救了他，也救了我……。」鍾林明子笑中帶淚。
「不用放心上，我只是正好看到海仁。」
鍾林明子擦掉眼淚。「我明白你不肯居功，好孩子……。來來來，先到廚房吃豬腳麵線，去去霉運！」
他們進廚房時，鍾海仁正在吃豬腳麵線。有那麼片刻，氣氛有點僵硬；對鍾海仁來說，要他向狄倫道謝有「一點點」困難，畢竟先前的心理或態度上是排拒狄倫的。可是，母親已慎重告誡他。
鍾海仁從座位起身，伸出他的手，僵硬道：「謝謝。」

狄倫也回握他。這一刻，他不知道在博奕案是否多了一張贊成票，不過可以確定隔閡縮小了。

鍾林明子欣慰的看著他們。

「好了，別站著，狄倫你也坐下一起吃。大家都來吃！」她對其他家人說。

這次，全家到齊。差不多啦，鍾海智沒來。不過，狄倫不在意，他高興多一個朋友更甚鍾海智缺席。

於是，晚餐就在愉快的氣氛下開始，直至結束。

飯後，鍾家客廳一如往常來了許多人泡茶聊天。狄倫也加入他們，不談博奕案，不談救人事蹟，就只是閒聊。他的話並不多，無話可說時，他聽他們說話，由他們主導話題，多了解其他人的想法。

狄倫的做法無形中拉近了距離。他們覺得狄倫不像原先所以為的樣子，他是富家子但沒有「富架子」、隨和。

夜已晚，人散去。

狄倫信步至庭院。這時，一輪明月高掛天空，還有無數繁星鋪滿在神祕的深藍色夜空，狄倫出神地望著……不遠處的海浪聲柔和地拍打著沙灘、岩礁，彷彿催眠曲。傳說，海中人魚會吟唱，迷惑水手心智，使之瘋狂，奪之生命。或許，這海浪聲中也有人魚的魔音，吸引他。

後方傳來開門聲，狄倫回頭看，見珠珠抱著一團粉紅色細網。

他挑高了眉毛，問：「我不知道有粉紅色的漁網。」

「這是蚊帳！城市佬。」她笑斥道。「給你防蚊用的。」說罷，往他住的豬舍去。

狄倫一臉糗態的跟在後面。

他看著她把蚊帳掛在豬舍四個角落，使之自然垂下，形成可通風防蚊的屏障。

「好啦。今晚你不會再被蚊子騷擾了。」

「謝謝。」

「是媽媽幫你準備的。你是我們家的英雄，狄倫。」

「喔，拜託，別再說了……。」他求饒的說。

珠珠笑道：「你還會不好意思？眞可愛。不喜歡當英雄？」

狄倫被她誇得有些尷尬。「英雄被揍最多。別當狗熊就好。」

「你喜歡今天的海泳嗎？」

「我喜歡海洋，她始終吸引著我。她教我謙卑，給我溫柔，給我自由，但別忘了安全。」狄倫幽默的說。

「不管怎麼說，你今天的表現很棒。」

「妳要給我幾分？」

「為什麼要我評分？」

「妳是我的朋友。」

「嗯……」珠珠歪著頭，想了想，「七十五分。」

「另外二十五分怎麼回事？」他學她講話。

「沒有人是完美的。你前天說的。」

「好吧，我會繼續努力。」

「別在意分數。早點睡，明天還要早起祭神。」

「我睡不著。」

「茶喝多了？」

他抬頭看夜空，「夜色太美，我捨不得睡。」

她眉毛一挑，「沒想到你是這麼浪漫的人。」

「城市看不到這麼多星星……密密麻麻的……。」他敬畏的說。

珠珠垂眼望著地上，靈光乍現：他今晚應該不在。

接著她神祕兮兮的問：「狄倫，想不想去一個地方？」

他想都沒想就回答。「請帶路。」

他們兩沿著大路拐進了小巷，經過一座小公園；那公園很適合情侶約會，黃色的燈光、雙人座位、高度適中的矮灌木叢，他一度以為這裡是他們要來的地方。可是珠珠帶著他繼續往前進，直到路的盡頭——一處停泊五艘遊艇的小碼頭。珠珠跳上其中一艘約卅五呎的遊艇。

「這也是妳家的船？」

「故障很久了，現在被我哥當做工作室用。上來吧。」

他們沒有走進船艙，珠珠在通道改成的座位坐下，狄倫坐她的對面。

「妳常來？」

「睡不著的時候會來這裡。」說完，珠珠就隨性地躺下。狄倫也學她，迎面對上滿天星。

「很棒，是吧。」

「……有一張滿是星星的毯子正蓋我在身上。」他滿足般地歎了一口氣。

「形容得眞好。事實上，我也常有這樣的感覺。」

「眞的？想不到我們竟然也會有想法一致的時候。」

倆人會心一笑，彷彿遇到知音。

兩人沒再說話，享受這寧靜的時光。伴隨著船身輕輕搖擺，海水激起小小波浪，如催眠曲似的拍打著船身，搖得他快睡著了。

「妳說妳常來。也是因爲失眠？」

「嗯。」

「我以為在這裡生活無憂無慮。」

「人沒有七情六慾才會無憂無慮。」

聽珠珠這麼一說，狄倫感到不悅。「妳心裡還在想前男友？」

「沒有。……好吧，偶爾會想，但不是失眠的主因。」

就算是插曲也不行。狄倫想。

「如果是我，我一定不會離開這裡。」

那麼，吸引他留下來的主因是什麼？博奕？人？

珠珠嗤笑一聲，表示不相信他的話。

「那種男人忘了也好。」他鼻哼道。

「他有更遠大的志向，我不想拖累他。」

「那現在呢？一點也不想交男朋友？」

「不想。」珠珠說。狄倫嘴角微微上揚，絲毫未察覺自己在竊喜，慶幸自己有機會。下一秒卻聽她大嘆一口氣，道：「談戀愛太累了。我現在過得很好。」

「試試看嘛。白糖加開水也不錯。」

「是啊，要學學你，今天雞尾酒，明天威士忌，後天黑啤酒，每天不一樣。」她翻白眼反諷他。

狄倫翻身坐起，說：「妳應該勇敢追求愛情，而不是催眠自己『這樣很好』。」他要自己率先打開她心房，才有門縫可鑽進去。
「我這樣確實很好。」她也翻身坐起，「不用等待、不用費心，不用討好對方，不會傷心。我很自由！何況，我擠不出空來。」
「妳比我辦公室的祕書還忙。」他補充道：「據我所知，她有三名男友，彼此不知道對方的存在。」
「哇喔，眞不知她怎麼應付……？」
「女追男隔層紗，男追女隔重山。她是都市女性，擅用自己的優勢。」
「我不懂如何追男人。」她承認的說。
「主動出擊就對了。」
「偏偏我很被動。沒有能讓男人心動的內在優點、沒有亮麗出色的外表，如果對方不在意這些，純粹只想找一個雌性生物繁衍後代，那倒是很簡單。」她撇撇嘴，自嘲的說。
「妳把自己說得一文不值。是創傷後遺症？他傷妳很深喔，我幫妳報仇。告訴我，他在哪裡工作？我動用關係將他開除。」
珠珠被他逗得大笑出來。
他喜歡她的笑聲，豪爽自然不矯揉造作，聽在耳裡心曠神怡，讓人想再多聽幾回。
這還不夠，因爲除此之外他還想聽其它不一樣的聲音，比較嬌柔的，耳鬢廝磨，教人全身酥軟的呻吟聲……。

「這主意不錯！」

「什麼？」狄倫嚇一跳，會意不過來她指的是他的說法抑或他心裡的想法？她應該不會讀心吧？

「開除他呀。不過，我還是希望他快樂。」

「即使他離開妳，妳也祝他快樂？」他冷哼道：「我沒那個胸襟。」

「即使我和他沒緣分，也不毋須變成敵人。」珠珠神情平靜。

狄倫站起來朝她走去，與她並肩坐下。

「那我們呢？」

「吭？」

「我們有緣分嗎？」

珠珠微微一愣，然後迎上他的視線，說：「有。朋友緣。」

「我們有沒有更升一步的……別種緣分？」他低語，眼神意味深長。

她怔忡了一下，然後忙不迭跳離他身旁，背對著他，提醒道：「你開錯玩笑囉，狄倫。」心，不由自主的怦怦跳。

狄倫站起來，靠近她。「如果，我不是開玩笑呢？」

珠珠倏地轉過身，差點和他對臉。一驚，趕緊後退一步，正色道：「我對一夜情沒興趣。」

「我也沒興趣。」他的表情和她一樣正經。

「狄倫，你到底想說什麼？」珠珠突然惱怒，他的話太曖昧不清了，會害她……亂想。

他專注地凝視著她，說：「人與人之間的緣分很難說。有時候敵人會變成朋友，有時候朋友變情人……。」

這時，兩個人的距離只有幾公分遠。他凝視的眼神讓珠珠迷失了魂，內心有如小鹿亂撞般緊張，時間久得讓她不禁陷入美妙的幻想中：他是否要吻她？這一幕太像愛情電影的場景了，珠珠渾身緊繃地不敢移動。

「相反的，情人也會變成陌生人，反目成仇。」這話陡然從珠珠口中說出，硬生生把自己從夢幻中抽出來。

他故意裝作沒聽見反義話。「所以我們之間的緣分還是有可能落在『情人』囉？」

和他是情人？珠珠朱唇微啓，盯著他說不出話來。

狄倫想親她，這一點他自己很確定，也考慮這麼做。他俯身向前，緩緩接近她，聞到她的髮香……。

珠珠也感受到狄倫呼出的鼻息，心亂神迷……。恍惚之間她陡然意識到現實，趕緊往後退，帶著責備的眼神說：「花言巧語，這一定是你平常把妹的手段。別忘了你是有女朋友的人。」

蘿拉。是啊，他又忘了……。

狄倫很唐突的笑出聲。「剛才開玩笑的。」

珠珠彷彿被人打了一記耳光，感到難堪。她趕緊別開臉，接著轉身走下遊艇。

「妳要去哪裡？」

「回家。」

「妳在生氣？」

珠珠回頭笑給他看。「沒有。」再轉回來，一臉懊惱。

「我還沒說我的故事。」

「下次吧。」

「妳不陪我？」

「晚安！大男孩。」珠珠揮揮手，大聲回應。

她儘量表現若無其事，踩穩步伐，掩飾想拔腿就跑離開此地的衝動，因爲……眞可惡！她竟然差點把狄倫的話當眞，認爲他眞的期望和她有不一樣的緣分！他怎麼可以開這種惡質的玩笑？已經是第二次了，而她的心底竟然也有所企盼。……眞沒用！

她知道世上有一見鍾情，但發生在她身上就太不眞實了。可是，這期盼的心情又因何而起？

珠珠毫無頭緒。

他不是妳可以幻想的對象！珠珠用力地告訴自己。狄倫有一個條件非常好的女朋友，他的家世很不錯，這樣的男人即使沒有女朋友，排長隊伍也輪不到她。

到底要提醒自己幾次才會記住！？

可惡……珠珠重重的跺腳，每一步都怒氣沖沖，恨不得自己就在腳下。

喜歡或者愛，不管哪一種，珠珠得出一個結論：都很磨人。

狄倫已無心觀星。

當初留下來是爲了博奕案，現在他很清楚還有其它事物吸引他。如果只是事物的話很簡單，牽涉到人就複雜了，他相信「人」才是主因。

珠珠就是那個人。單純、熱心、多情的一名女子。……他承認她很吸引他。

狄倫雙手抓抓頭髮，在甲板上走來走去。走到駕駛艙旁停下來，想一想接下來他要怎麼做。

有了！他要重新調整步伐，將此行定調在「瞭解龍濱人，專注博弈案」。如果想找女人玩樂子，回本島再說，雖然他對珠珠並無那種意思。

可是，當狄倫這麼想時，他心底又起了個惋惜，不想就此……離去、放棄。他知道自己感情不及格——好吧，不專一——但他就是不滿足現況，對，就是「現況」。他不想要只是當她的朋友，他希望和她的關係能再進一步。

最好把珠珠帶回本島！

這念頭閃進狄倫腦海時，他自己嚇了一大跳。他未曾有過如此強烈的佔有慾……，幾乎不顧一切！

龍濱島確實有著神奇且神祕的力量在干擾他。如同藍醫師說的。

狄倫腦海渾沌不清，決定暫時不再想，於是轉身準備下遊艇。就在此時，他無意間瞥見船艙內的桌上有不少紙張，像是某種設計圖。出於一時好奇，他趨近玻璃看清楚。繪圖看起來像是飾品設計，但隔著玻璃實在不容易看。他伸手試試艙門門把，發現沒上鎖，於是他進去了。

他經過後艙走到駕駛艙。現在已經變成……珠珠怎麼說的？「被我哥當做工作室用。」他回想。然後擰亮一盞桌燈檢視這些設計圖，有耳環、戒子、墜子……，頗具水準、格調，如出自名家之手。

狄倫感到疑惑不解。

這是哪個哥哥的工作室？誰有這方面的天份？他愈看這些設計圖，愈發覺得有些見鬼的似曾相識。

有設計圖，應該也有工具。

狄倫放下圖，轉回後艙，一一檢查各個抽屜，果然有設計工具、材料……等等，還有很多半成品。他發現一本相本，是成品的照片。

全是珍珠，沒有一件是寶石。其中一張照片引起狄倫震撼——

「你在這裡幹嘛！？」

陡然一聲暴喝傳來，狄倫來不及反應隨即被一股力量推開，要不是及時扶著某物他肯定跌在地上。那人不打算就此放過他，一面用力推一面怒吼：「誰允許你來這裡？滾！給我滾出去！滾！」

狄倫本能揮手擋開那人的手，「聽我解釋！」

未料此舉更加激怒那人，隨後擊出一拳，重重落在狄倫的臉面上。狄倫被打得眼冒金星，嘗到口腔內的血腥味，整個人還以狗吃屎的姿勢跌出艙外，說有多狼狽就有多狼狽。他連那人長什麼樣都沒瞧清楚，艙門隨後被「碰」的給關上了。

狄倫踉蹌地站起來，不明白自己的闖入何以招來拳頭相向？有那麼嚴重嗎？這裡又不是軍事堡壘。沒禮貌的傢伙！

不，雖然沒有完全看清楚他也已經知道是誰了。

鍾家老大，鍾海智。

狄倫冷哼一聲，吐掉口中鮮血，悻悻然離開遊艇。

第六章

五月十九日　星期五　六時正。

據當地習俗，祭海拜龍王前要先拜媽祖，祈求平安。接著，由鍾鎮亥帶領地方耆老拜龍王，祈求龍王賞賜魚獲。

「……今年大家要繼續認眞工作，龍王會照顧我們的！」鍾鎮亥的鼓勵激起大家的情緒，報以熱烈的掌聲及歡呼聲。

珠珠也和家人一起鼓掌，眼睛卻望向身旁的狄倫，他也在鼓掌，而且臉頰瘀青。

「眞搞不懂昨晚你是怎麼睡的，竟然摔下床？」珠珠狐疑地問，故意伸出指頭按他。

他好沒氣的說：「做惡夢。」

「一定很恐怖。」

「簡直嚇死人。」狄倫故作哆嗦狀。「要我說給妳聽嗎？」

「謝了，你自己體會就好。」

最後舉行祭海儀式。儀式上必備的貢品是豬、雞、蟹。豬以黑毛公豬為佳，雞要選個頭大雞冠紅的公雞，蟹則要挑有大螯的海蟹。蟹，同「謝」，感激之意。最重要的是，牠們還活著。

這時全島居民不分男女老少一起參加祭海儀式，家家戶戶早已經將自家拿手料理，六道祭品擺上桌，隨著儀式表達島民對海洋的尊敬與感激。完成後，現場燃放鞭炮，氣氛進入高潮。

「這些菜拜完後不收，想吃的人利用公筷母匙自行取用。」珠珠向狄倫解釋。

「很像流水席，也像超大型部落聚會。」狄倫心想，一家擺一桌，二百多張桌子也夠瞧的了。

「很多離鄉背井的人會在今天回來，然後大家一起聊天、吃東西、跳舞，很開心！」

「那……妳的前男友也會回來囉？」

「我怎麼會知道？莫名其妙。」

只要那傢伙一天存在，狄倫就感到渾身不對勁與不安。他最好別讓他看到，否則就給他好看！

「爲什麼那些祭品要活的？」

「上蒼有好生之德，也象徵生生不息。」

「眞特別。我今天算是開了眼界。」狄倫一面看著小朋友跳舞一面說。

「是嗎？你的眼界可眞窄。」珠珠揶揄道。

「誰教你們不肯讓更多人知道，我要是知道早就來了。」

「海洋祭是我們對海表達尊敬與感恩，不是表演給外人看的。」

「給外人看會怎樣？」

「太刻意了。」

「文化就是要傳出去，不然會失傳。」

「這不算文化，只是習俗，不用傳。」

「你們眞是低調。」

「沒必要大肆喧嚷。」

「要不是瞭解，眞讓人以爲你們島上藏了什麼好東西不想讓人知道，譬如說……珊瑚瑪瑙、翡翠珍珠之類的。」狄倫說，眼角仔細地觀察珠珠的反應。

「龍濱有很多大自然給的禮物，天上的、海裡的，多得不得了！」

狄倫狀似不經心地問。「欸，珠珠，我聽說這裡產有珍珠，是嗎？」

她若無其事的問：「你從哪聽來的，狄倫？」

「有人告訴我。欸，別問我是誰說的，我不會透露。」

龍濱產珍珠這件事她以爲全島都達成共識，沒想到有人洩密。而且是對狄倫說。看樣子島民需要再教育。珠珠心想。

「是有一些，數量不多，但品質與色澤非常好！好到——」珠珠緊急煞車沒往下講。

「有人收購嗎？」

「你想買？」珠珠反問。

「有設計好的成品？」

「沒有。」珠珠一口否認。

狄倫故作可惜的說：「那就沒辦法買來送人了。」

珠珠斜眼看他。「送蘿拉嗎？她應該不會喜歡珍珠吧。」

「妳又知道她的喜好？妳是她朋友嗎？」

「我怎麼會是她的朋友？唉喲，我的意思是像她那樣的美女，哪看得上小小的珍珠。」珠珠的語調酸、酸、酸。

狄倫微微一笑。

「她選過一件珍珠飾品，是 MARINA 珍珠，那件飾品名稱叫『豚積愛』。妳聽過嗎？」

珠珠的眼睛飄來飄去。「呃……我孤陋寡聞，沒聽過。」

「我倒是聽蘿拉誇讚過 MARINA 珍珠是珠寶界的傳奇，品質和設計一流，卻沒人知道產地在哪、設計者是誰。」

「好神祕啊。」珠珠暗中吐舌頭。

狄倫咬著下嘴唇隱忍著笑意，大肆批評：「我認為那是宣傳手法，實際上應該沒那麼好。這種方式最常出現在不出色的商品，所以故做神祕反而引人好奇。」

珠珠狠瞪他一眼，像被冒犯了什麼似的。

「幹嘛這樣看我？」狄倫惶恐的問，以為她要攻擊他。

「哼！沒事。」她不悅地大聲應道。「我去幫你拿飲料。」

狄倫忍住笑看著她離開。他幾乎已經確定MARINA珍珠就是來自龍濱區，而設計師竟然是鍾家老大。把這件事告訴蘿拉，她一定有興趣。

這時，狄倫意外看到一個熟悉的身影，趨前向他打招呼。

「達老闆。」

吉蘭珠寶的老闆達中全扭頭一瞧，好不驚訝的喊：「唉喲！殷總經理！你怎麼在這兒？」

狄倫微笑的反問：「你又怎麼會在這？難道這裡有奇珍異寶可尋？」達老闆是個熱愛寶石的人，生平最喜歡追寶，最遠曾到南非。

「我回家鄉過節。」達中全回答，把手中的報紙挾在腋下。

狄倫詫異的問：「達老闆的故鄉是龍濱區？」

「是啊，好幾年沒回來了，今早特地趕最早一班船回老家看看。好熱鬧啊！」

「回來的人數似乎不怎麼多。」

「大家為了前途忙碌，不回來也沒關係，只要他們還記得故鄉就好。欸，你是為了公事而來？」

「對。」

「想必吃了不少排頭吧？呵呵呵，要說服這群海人可不是容易的事喔。」

海人？狄倫突然注意到這兩個字似乎是龍濱區居民對自己的稱呼，不同於「討海人」、「漁夫」等字眼，有更多驕傲與自豪。

在來龍濱區之前，他好像曾在哪裡聽過……。

「博奕案是大事，牽涉到環保、治安、地方文化等重要議題，能夠全島居民有共識是最好。」狄倫說。

「你們有多大的誠意？」達老闆目不轉睛的看著表演，狀似不經心的問。

狄倫聽得出來達老闆是以「本地人」的身分問話，於是他謹慎的說：「以後無論是貸款、教育、醫療、就業……都會給龍濱區居民最大、最優先的優惠與好處。這是我的保證。」

狄倫以為經他承諾達老闆會向他拋出支持的回應，沒想到只得來淡淡一句話：「祝你成功。」

狄倫心中罵一句：老狐狸。

「達老闆在本島奮鬥多年，心中對龍濱區的珍惜依舊不減。」

「落葉終究要歸根，我可不希望一回來又面對烏煙瘴氣。」達老闆狡猾地笑了笑：

「那些不好的事就留在本島吧。人間需要淨土，龍濱是其中一塊。」

「沒錯。就因爲龍濱區這麼純淨自然，所以才會產出 MARINA 珍珠。」

達老闆斜瞥他。「你知道？」

狄倫得意的點點頭。

達老闆深吸一口氣後，沉聲道：「別說出去啊，免得引來一堆老鼠蟑螂。」

「我會保密。」狄倫也不想讓龍濱區淪爲貪心人士的「金銀島」。「只不過我萬萬沒想到 MARINA 珍珠的設計師是鍾海智。人不可貌相。」

達老闆驚訝不小。「你連這個也知道？」見狄倫衝著他笑，他佩服的說：「消息眞靈通。」

「他有這方面的長才爲何不到本島發展，寧願當個無名設計師？」

達老闆回答：「只要有能力，就算窩在這小島他的作品不也人盡皆知！」換他得意洋洋。

看來，達中全是幕後推手，把鍾海智的作品推向珠寶界。

狄倫趁勢吹捧，道：「多虧達老闆的生意蓬勃發展，要不然這些珍珠都只是普通珍珠，不足爲奇，會有今天這等盛名您功不可沒。」

達老闆斜瞅他一眼後，眼睛帶著笑意看著小朋友跳舞。看著眼前的盛況，心中憶起過往，有感而發的說：「我有能力幫助島內青年當然要幫助。想當初離開龍濱兩手空空去本島闖盪，以為這輩子再怎麼努力都不會成功，沒想到能混到『老闆』這個頭銜。」

「達老闆謙虛了，說『混』實在是輕描淡寫，您白手起家，創業經過就算不是一齣連續劇，也是一部精彩電影。」

達老闆長嘆一聲。「我老了，老到美女寶石也引不起我的興趣。最近我常萌生退休的念頭，偏偏我的獨子沒有賞珠寶的慧根，這棒子眞不知道要交給誰才好……。」家家有本「傷腦經」，有錢人的煩惱也不少。

狄倫安慰他，說：「那就別急著退休，等時機成熟了再說。照我看，您還能工作好幾年。」

達老闆無奈的笑笑，像是認同他某部分說法。

「對了，我是不是該恭喜你？聽說好事將近。」

狄倫笑問：「什麼好事？」

「報紙登你和蘿拉要結婚的消息。」

瞬間，狄倫的笑容僵在臉上。

「什麼……我要結——」

「我去向老朋友打招呼。」見他一臉茫然，達老闆也不多說什麼。

狄倫抓抓自己的頭髮，他怎麼不知道自己要結婚？消息又是從何而來？蘿拉知道嗎？他才來龍濱區六天，錯過哪些消息？狄倫懷疑自己到底與世隔絕多少日了？

還有，珠珠到哪裡拿飲料怎麼還不回來？

珠珠離開狄倫後往自家供桌走去。途中，她向所有認識的人打招呼，也向好久不見的友人寒暄幾句，然後她來到供桌邊，從中挑兩瓶水。轉身時，她被一個人擋住。

珠珠抬起頭，「抱歉，借過——」愕然地看著眼前的人。

「嗨，珠珠。」

「喔，是你。」她客氣且疏遠的回應：「賀協理。」準備繞過他。

「妳還在生我的氣？」

珠珠沒有回答，繞過一個人又一個人，想把賀協理甩掉。可是，他緊追不捨，並且伸手拉住她的手臂，她迅速擋開他的手。

預料之中的反應。「別急著走，聽我說。」

「沒什麼好說。」

他莫可奈何，把手插進褲子口袋。「我剛下船就來找妳。」

聽他這麼一講，珠珠強硬的態度軟了下來。她牙一咬，心一橫，神情冷峻的說：「找我做什麼？要談博奕案，去找我爸。」這才發現心裡多年來的結沒有想像中那麼鬆，只是假裝它很鬆。

「妳應該知道我不是來找妳談博奕。」他求饒的說：「還有，別再叫我賀協理了，像以前一樣叫我以翔。」

「我認識一個叫賀以翔的人，不過他在三年前就已經離開龍濱，離開我的生命。」

珠珠說完後逃也似的跑開，賀以翔追上去，但很快有其他人發現了他，攔住他問東問西。

「你回來啦！以翔。」

「好幾年沒看到你了，現在如何啊？」

「有沒有回去看你媽？她想死你囉！」

「你結婚了沒？」

「我……不……還沒……」他只能眼睜睜的看著珠珠離去。「對不起，我還有事，下次再陪你們聊。失陪！」

賀協理——就是賀以翔——撇開鄉親後，緊追珠珠，儘管落了一大段距離，仍看得到她正朝某個人奔去。

用「投懷送抱」來形容珠珠撞上狄倫的胸膛是輕描淡寫了。她簡直就像抱著橄欖球往前拼命奔跑的球員，撞倒了狄倫，還順勢的壓在他身上。狄倫反射性的抱住她，結果呈現女上男下的曖昧姿勢。

「喔……我被壓壞了……。」他以受傷了的語氣說，但心裡暗爽。

「對……對不起。」眾目睽睽，珠珠趕緊從他身上起來，隱約感覺到手掌下的胸膛厚實，像運動員。她伸手拉他一把。「你有沒有怎樣？」

「那麼急，有鬼追妳？」狄倫取笑地問。接著他看到了他。「賀協理？」

「……殷總。」

珠珠不想這時候面對賀以翔，把手中的水瓶塞給狄倫後立即閃人。

「珠珠……。」賀以翔想叫住她，礙於殷總經理面前他必須先辦公事，舉起的手又重新放下。

明眼人一看就知道他們兩人是舊識，絕對不是賀協理來幾次就能和她成為可以直呼小名的新朋友。狄倫忘了自己和珠珠算是初識，也和其他人一樣喚她小名。

他迅速自問：他們是什麼關係？這關係有多深？

難不成……賀以翔是珠珠的……前男友？

狄倫猜得心煩、不爽，表面上不疾不徐的問：「賀協理，你怎麼來了？」

「殷董事長要我來協助您。」

「……賀協理，你是龍濱區的居民？」

「是的。」

「我從來都不知道這件事。」狄倫的口吻像是暗指賀以翔故意隱瞞。「原來你是當地人，難怪選龍濱區為博奕案地點之一。」

「不，我——」賀以翔放棄解釋，轉移話題，「殷董事長要我來找您。」

「目前沒什麼事可做。」狄倫驟然打斷他的話。「你難得回來一趟，先敘敘舊，參加活動，晚一點我們再談公事。」然後舉步離開。

這時，有人大聲喧嚷：「船回來了！漁船回來了！」

頓時，騷動像漣漪由中心向外擴散。狄倫望去，海面上果真有八艘船。它們以一種英雄凱旋歸來之姿駛入海港，眾人歡欣鼓舞，船員們站在船首揮手，現場瀰漫著炸鍋的喜悅！狄倫用敬畏的眼光看著這些遠洋漁船，它們都是鐵殼船，排水噸數上看千噸。這種船一點都不像漁船，無論船身、船形、桅桿……整個讓人感覺這是一艘壯觀的船型藝術品。這種壯碩的漁船打破了狄倫對漁船的刻板印象。

港邊已有卸貨工人等著。那些漁獲被凍成像冰棒一樣，從船艙裡用吊車一網袋一網袋的撈吊出來。看來，漁獲頗豐。

謝謝龍王賞賜！狄倫看著龍王廟內心感激。

陸陸續續有人上桌用餐。

現場熱鬧得像聚會，說話的人口沫橫飛、比手劃腳，聆聽的人搶空擋插話，每個人都有說不完的經歷迫不及待與人分享、吹噓。女人家既要忙著張羅新的碗筷又要忙著聊天，有時還要嚷小孩，得空要吃飯，說說張家長、李家短，誰家老公會賺錢，誰家老婆不要臉……什麼菜都吃，什麼話都說。

「這道菜眞好吃。」狄倫咂咂嘴巴說，嘴裡瀰漫豆腐的香氣與魚的鮮味。與他同桌的有賀協理與八位地方耆老，以及鍾家三兄弟。

鍾海智竟然沒缺席？眞意外呀——跟他臉上的傷一樣「意外」。

「這道菜叫『龍王愛』。」鍾鎮亥介紹道。「鹽烤帶鱗魚叫『銀腰帶』，油炸海蝦叫『寸寸香』，炸地瓜叫『金條』，烤鯖魚叫『口水瀑布』，蛤蜊湯叫『眞相大白』，清蒸螃蟹叫『話拳沒輸贏』，香蕉幹烤鱸魚叫『香幹魚』……呵呵，用台語發音這道菜名還眞粗魯。」

「沒想到龍濱區居民這麼有雅致，還替菜取名，」狄倫莞爾道，「菜名別出新裁得令人發噱，菜也很好吃。」

鍾鎮亥笑道：「都只是簡單的烹調。龍濱的食材非常有限，有什麼煮什麼。」

「從本島運來的物資成本上一定增加些。」狄倫說：「這方面我可以幫些忙。」

「怎麼幫？」

「我發現龍濱區沒有便利商店或超市。如果在這裡設點，也可以順便涵蓋蔬果運輸，我保證沒有成本增加的問題。」

「想必這得在博奕案通過才有。」

狄倫退一萬步的說：「沒有博奕案也可以。」

「既然不是非要附加在博奕案之下，」鍾鎮亥右手一攤，「那隨時都可以開一家二十四小時營業的商店。」

「不好！」鍾海勇第一個反對，他說：「這會影響到美女姨的店。」

「你指的是『莎利亞百貨行』？」狄倫提問。那是島上唯一一間商店。

「沒錯。而且也是你們賀協理的老家。」鍾海勇面露鄙夷，朝後者冷笑幾聲。

「哦，是嗎？」狄倫轉向賀以翔。

「那家店是我母親開的。已經很多年了。」

「我有一個兩全其美的方法。如果美女姨願意的話，她可以當第一位加盟者，而且不須負擔加盟金。」

在場人士一片嘩然。狄倫沒有忽略鍾海智那抹不以爲然的冷笑。

「當然，」狄倫揚聲道：「這得要美女姨首肯。」

「你這麼好心，什麼都不要？」鍾海勇問得直白，大家等著狄倫回答。

「我想要很多，但不一定全部得得到，也不想在爭取的同時與大家產生對立，樹立敵人。簡單明瞭的說，我是來交朋友的。」

「哼，講得眞好聽。」鍾海勇的語氣頗不以爲然。「無利可圖也不會刻意交朋友。先放小誘餌，再釣大魚，怎麼看都很划算。」

他這番話說得沒錯，商人不會無緣無故交朋友，商人秉持的是「和氣生財」，不特意交朋友但人人都好。特意交朋友，則是有利可圖，此朋友非交不可。

可是，這話卻讓狄倫感到侮辱，因爲當下他並非這麼想。

「任何場合、時機都可以交朋友，端看心態正不正確。」

「就我說，你心態可——」

「好了。」鍾鎮亥出聲阻止他往下說，畢竟來者是客，沒必要給人難堪。「今天是一年一度盛會的開始，人人都應該開開心心。如果要比力氣、爭輸贏那也是明天的事。今天就大口大口的吃、痛痛快快的喝，來！大家喝！狄倫，你也喝喝我們這裡的酒。」

鍾鎮亥一倒就是滿杯，狄倫也不問那是什麼酒，舉杯一敬之後昂頭吞飲一大口，隨即被酒氣嗆得五官糾結成一團。大家笑了。

「好、好、好！」鍾鎮亥大大讚揚。「大家一起來！」

這樣的場合本不該掃興，紛紛舉杯同樂。鍾海勇似乎打定主意要讓狄倫難看，但又無題可作，於是找他拼酒。幾回合下來，狄倫不勝酒力，討饒了。

「海勇兄，」他客氣的稱呼。「別再灌我。論酒力，我贏不了你。」有自知之明。

「你總算認輸。」鍾海勇這才放過狄倫。

「我這杯酒你會喝吧？」鍾海仁問。「敬救命之恩。」

「拜託，別提這件事。」

「怎麼，害羞？」鍾海仁無意整他，單純表達謝意。

「好！我喝。」狄倫樂意喝下敬酒。然後……「喝太多了，我需要上個廁所。」再不藉「尿遁」離開，恐怕不消多時就變成一灘爛泥。

狄倫明白，鍾海勇不過就是要爭一口氣整整他，那就讓他贏吧。識時務者為俊傑，他不在非強項上與人競爭。

上完公廁出來，狄倫正好遇見小樂。

「妳有沒有看到珠珠？」

「沒有。我也在找她。不曉得她跑哪兒去了？」

「對了，小樂，妳知道賀以翔回來了？」狄倫試探的問。

「眞的？」小樂自言自語：「奇怪，他離開後就不曾回來參加祭典。」

「是嗎。」

「喂，他在你的公司做得如何？」小樂問。

「還好。」

小樂作思索狀，「難道……？」

她猜測的樣子讓狄倫隱約感到不安。

「小樂，珠珠的前男友是不是就是賀以翔？」

「嗯哼。」

狄倫深吸一口氣。果然！

「妳認為他是為珠珠回來？」他心中那股醋意上升，立刻淹沒過酒意。

「可能嗎？」小樂反問。「也許只是回老家看看，誰曉得。」

「……如果賀以翔要求復合，珠珠會答應？」

「我不知道。」小樂聳聳肩，不確定的說。「但我知道她多多少少還在意著。」

「在意他的人？還是那段感情？」

「有差別嗎？」

沒差別。而且狄倫不想現在分析這件事，光想就讓人煩躁。

「我去找她。」找到後他要寸步不離地看著她。

「她可能在雙仁礁。狄倫，找到之後叫她趕快回來幫忙。」小樂往回走。

狄倫瞥見珠珠在人群中，一副找人的模樣，接著她看見了他，向他揮揮手，滿臉興奮的朝他走來。

「剛才從學校警衛得到一個消息，他說學校收到一大批馬賽克磁磚，還附贈好幾本『馬賽克拼圖教學範例』！」

狄倫目不轉睛的看著她，她眼睛熠熠發光，對他毫無防備的笑著，一如他們初見面。

「謝謝你！狄倫。」一看到那些小磁磚，她慶幸當初沒有堅決拒收這份厚禮是對的。有時候自尊心太高也不好。

「不客氣。我們基金會需要多做善事才能夠眞正名副其實。妳和學生們可以好好發揮一番，我發覺你們挺有藝術天份。」

珠珠滿心歡喜地笑著。

「前天才打電話，今天就收到貨，你的祕書工作眞有效率！」

「妳要看是誰的員工。」狄倫炫耀的說。

「眞希望除了說謝謝我還能用其它方式表達我的感激。」珠珠眞心誠意的說。

「妳想怎麼感謝我？」

「我還沒想到。你有什麼想法都可以說出來。」珠珠興奮過了頭，隨口亂開支票。

她只是單純的表達欲回報之情，狄倫心裡卻另有非分之想：以身相許如何？

「咳……我剛才擔心了妳一下。」

「擔心我什麼？」

「妳和賀協理……呃，我是指賀以翔……」狄倫突然支支吾吾。

瞬間，珠珠臉色變了，懶懶地應一聲：「怎樣？」

「你們看起來好像認識。」這種問法像國中小男生一樣，他眞希望自己能說點更帶聰明、自在的話。「小樂說他是妳的男朋友。」

「『前』男友。」她冷著臉糾正道，一副船過水無痕的口吻：「都過去了，沒什麼。」然後翻看「馬賽克拼圖教學範例」。

她是說眞的嗎？或者故意裝作毫不在意，實際念念不忘？賀以翔呢？依他的觀察判斷，賀以翔的態度正好和珠珠相反。

這讓狄倫感到非常不安。不管從哪個方面看，賀以翔佔大部分優勢。這裡是他的家鄉，他的地盤，連前女友也是他的！他們倆之間有二十多年共同的回憶，而他才……六天！賀以翔親吻珠珠無數次，而他連嘴唇沒碰到過她！賀以翔在她心中所佔位置不僅僅是一席之地，是一座島之大！

簡直是豈有此理！這是要將他置於何地？他都要掉下懸崖了！就差賀以翔狠踹他一腳。

他在這裡被霸凌、被歧視、住豬舍、他喜歡的女孩子心裡喜歡著另一個男人——他的下屬。

這樣好不好，珠珠，不妨妳好心拉我一把，像救海豚多多那樣。我會用餘生回報妳。妳不適合賀以翔這片「大海」，他會吞噬掉妳。相信我，我看人很準。我會一輩子保護妳宛如珍珠，絕不讓任何壞人撬開我，取走妳。

狄倫「委屈」不已，一大堆內心獨白。

「……飯了沒……？喂，狄倫？狄倫！你發什麼呆呀？我在跟你說話。」

「……吭？喔，妳再說一遍。」

「眞是的。你吃過飯了？」

「吃了一些。」

一陣靜默。他想找些話跟她聊，聊聊馬賽克、聊聊賀以翔，問她怎麼看待他。見珠珠沉迷於書中，他話都問不出來。

賀以翔的出現讓狄倫倍感壓力。

「今天很忙吧？」

「嗯，一年一度的海洋祭比過年還熱鬧。」她邊看書邊回答。

才幾句話狄倫便黔驢技窮。

「珠珠，我令妳感到不自在嗎？」

「不會呀。」她自書本中抬頭。「爲何這麼問？」

「妳很少說話。」這句話太遜了。

「我和你又不熟。」珠珠把書本抱在胸前。

「妳這麼說傷到了我。我都住進妳家。」

「你住的是豬舍。」她笑著更正。

「那也算妳家的產權之一。」他幽默的說。「而且還經歷過一些事，怎能算是不熟？」

「隨便你。」

「妳對感情也是隨便的態度？」

「不。」珠珠堅決否認。「但我寧願是。」

「怎麼說？」

「唯有這樣才不會痛苦。感情這事誰放得重誰就傷害得深，千古不變。」

她果然還在意他。「他傷妳很深？」

「都過去了。如果再談一次戀愛，我不會放那麼重的感情在裡面。」驀地，她把手舉起來，表示這話題到此爲止。「不要說我，談談你吧。你和蘿拉如何？你們會結婚嗎？」

狄倫閃爍其詞的說：「蘿拉只是我的朋友……之一。」幾天前他才對蘿拉講他們的交往以結婚爲前提，現在居然變成他的「朋友之一」。這個轉變很明顯的是因爲珠珠，賀以翔的出現使得他不得不正視這個問題。

狄倫還不確定是否愛珠珠。可是，要命的！他在乎珠珠！在乎賀以翔曾在她心裡的份量，在乎他們的過往，甚至在乎他們未來會復合否。

狄倫心情矛盾不已，簡直都亂了套。

珠珠蹙著眉，疑惑的說：「我以爲她是你的女朋友。」

狄倫敷衍的一笑，撒謊道：「報紙亂寫的。」

「你騙我！你們交往很久了。報紙常常出現你們倆的新聞。」

「媒體很會補風捉影。」

「都有照片怎能假？算了，那是你的私事。」主要不想討論他的戀情。「我要回學校。」

狄倫無輒了。眼看她就要離去，他脫口而出：「妳陪我吃飯。」

珠珠猛然回頭。「什麼？」

「妳陪我回去用餐。」他不想讓她離開他的視線。

珠珠猶豫著。她知道狄倫那一桌坐了哪些人。她不想見到以翔。

「我不餓。」

狄倫只能眼睜睜看著她離去，想不出任何留住她的話。

回到大圓桌之後，狄倫將滿腹的懊惱化成衝動，反過來找鍾海勇拼酒。通常他不會這麼做，但此刻複雜的情緒與怒氣，讓他忍不住想藉此發洩一下，不計後果。

當晚，九時。

狄倫頭痛得醒來，一時間不知道自己身在何方。

對了，他找鍾海勇拼酒，他輸了。現在頭疼欲裂。

好一個不計後果呵！現世報，馬上到。

狄倫步伐蹣跚地走進廚房找水喝。小阿姨在收拾吃過的水果盤。

「啊，你醒了。還好嗎？」她倒了一杯水給他。

「……謝謝。」他聲音粗嘎的說，「我的頭痛死了……。」

「剛才珠珠給了我止痛藥。要吃嗎？」

「給我！」感謝珠珠一千次！

小阿姨從圍裙的口袋裡拿出藥給狄倫，他和水吞服。

「不會喝酒就別喝那麼多。」

「不會再有下一次了。」他保證。「辛苦你們了。」

「你也一樣。」小阿姨脫下圍裙坐在他對面。「爲了博奕案，不惜和龍濱的人拼酒博感情。」

狄倫內斂的一笑。「您過獎了。」

「博奕案不一定會成功。」小阿姨言歸正傳，「她牽涉到太多層面，不是政府公權力介入或企業遊說就能成功。不過，你還是可以試試看。反正這幾天你都在這裡，可以把你的想法、看法說出來，大家互相交流意見也好。」

「謝謝。我會的。」

小阿姨深吸一口氣後，說：「我累了。你早點休息，別太晚睡，明天還有重頭戲呢。」

「晚安，小阿姨。」

整間屋子太安靜了，他渴望見到珠珠的慾望愈發強烈，他想去找她。

這時，狄倫聽到鍾海仁喚他妹妹的聲音。

「珠珠！外找！」

珠珠在她的房間，看著手上「馬賽克拼圖教學範例」一書，愈看愈喜歡，愈看愈熱血沸騰，腦海裡已經構思了許多地點要用馬賽克來裝飾。

廠商還附上數十把平口鉗和圓形鉗等工具，以利切割。除此之外，水晶馬賽克、琉璃馬賽克、玻璃花珠馬賽克、玻璃扁珠以及十多種造型的馬賽克……。天啊，這簡直是太棒了！珠珠興奮地將書擁在胸前。她想擁抱一下狄倫，表示內心的感激。還有那藏在心底深處的……悸動。

珠珠的腦海浮現數小時前的影像，是她壓在狄倫胸膛上的那一幕……，頓時臉旁發熱了起來。許久之後，她嘆口氣，慢慢放下書，斂起興奮的神情，轉為平淡，注意力從馬賽克變成了狄倫。

很久以前，因爲名模蘿拉的關係，她知道了狄倫這個人。眞正接觸他，是在他來到龍濱之後。

他的身分、他的動機，令家人不喜歡他。她也不喜歡他。

可是……，她也不討厭他。

幾天相處下來，她發現狄倫其實很友善、隨和……，或許他是因爲博奕案對他們示好。撇掉這原因不說，他是個很有男性魅力的人，濃而向上飛的雙眉，明朗的大眼睛，挺直的鼻子，喜歡抿嘴而笑，那唇的弧度如勾子一般勾住她的心……。

如果對象是別的男人，可以和小樂分享這祕密，聽她有什麼想法，整夜談論這個男人。那個人是狄倫的話則想都別想，小樂一個理由就能打消她的念頭：狄倫是蘿拉的男朋友。

「我們有沒有更升一步的……別種緣分？」昨天晚上在船上時他這麼說的，那一刻她意亂情迷。

倘若她眞的和他是情人……珠珠內心有座小劇場正在上演文藝愛情片。女主角是她，男主角是狄倫，還有其它俗套的劇情及教人遐想的畫面……。

片刻之後，珠珠黯然嘆氣，關掉自己的想像。可別胡思亂想呀。她知道他來的目的，幾日之後他就會離開，永遠不會再踏進龍濱。她千萬不能放任自己的感情，否則將自討苦吃。

她必須停止對他的任何幻想，不要再想他那些曖昧不清的話，反覆想著他的話語毫無任何意義。

她得有所作爲才行。假裝生氣他？才收了人家的馬賽克怎好對他發脾氣。說龍濱的居民不歡迎他？具她觀察，婆婆媽媽們挺喜歡他的。

想來想去，珠珠想不出個所以然。每種假設都被自己的理由推翻掉。

噢！他到底還要在龍濱待多久啊……？珠珠把臉埋進手掌中。

如果他不反對，乾脆跟他來個一日情好了！她自甘墮落的想，隨即搖頭苦笑。唉，眞的想太多了。

「珠珠！外找！」樓下傳來二哥的叫聲。

「聽到了！」回應之後，她咚、咚、咚跑下樓去。

「人在外面。」鍾海仁說。

珠珠到屋外一看，臉色沉下來。

「你來幹嘛？」

「來看妳。」

「你看到了。現在可以走了。」珠珠旋身要進屋。

賀以翔早有準備，立刻伸出手臂攔住她。

「做什麼？」

「我向妳道歉。」

「……事情過了，別再提道歉。」

「對妳來講，我們之間算過去式？」

「精準點來說是『句點』。」

「我想妳，珠珠。這次，我是因爲妳回來的。」

「是嗎？眞是受寵若驚。怎麼以前不因我而留下。」

「拜託，珠珠，那是份工作！」他好無辜的說。「留下來會有什麼出息？沒有。」

「那恭喜你囉，在大公司謀得一份好工作。」她揚高聲音的說：「接下來，你可以娶妻生子。」

「我……沒有女朋友。」

「那不關我的事。」

「我們復合，好嗎？」

「你想利用我？」珠珠直覺反應。

「利用妳？」他愕然的反問。

她簡單明瞭的提醒：「博奕案。和你老闆一樣。」

「我是因公回來，也是因妳回來。」他坦誠道。

在她的感受來看，他就是在利用她。「晚安。」

珠珠已無話可說轉身想離開，但賀以翔握住她的手臂。

「妳聽我說，珠珠——」

「我不想聽。放手！」

「珠珠——」

「有什麼問題嗎？」狄倫突如其來的聲音讓兩人都嚇一跳，像做壞事被抓到的青少年趕緊分開。

鍾海仁叫喚珠珠時，狄倫「正好」瞄到訪客是賀以翔。他大可直接與他們打照面後走進他的「宿舍」，假裝只是路過。可是仍忍不住躲在暗處，想知道他們在講什麼。

理性思考的話，狄倫一定對自己現在偷聽的行爲感到可恥，但是他管不了那麼多，賀以翔來找珠珠，他不盯緊一點兒「出事」了怎麼辦。

「有話好說，賀協理。」狄倫大步跨入庭園中。「別對女孩子拉拉扯扯。」

「……是，殷總。」
「有很重要的事非在晚上說？」
「只是老朋友敘舊。」賀以翔冷靜的回道。
狄倫用一種刻意展現出來的笑容說：「很晚了，不要打擾小姐的美容覺。」實際上在下逐客令。
在珠珠面前矮老闆一截，氣勢都消了一半，賀以翔莫可奈何。離去之前，他對珠珠說：「我會再來找妳。」
賀以翔走後，沒人說話也沒人離開。空氣中，微風徐徐，飄送珠珠梳洗過後的香味。單純、怡人，足夠讓狄倫恍神。
良久，狄倫明知故問一句：「他找妳什麼事？」
「你是他的老闆，那麼想知道可以自己去問他，不要問我。」面對兩個男人給她不同的衝擊，難以招架的珠珠，陡升無名火。「我受夠你們兩個。全都離我遠一點。」
珠珠準備繞過狄倫，不料他反手抓住了她，並一路拖往他的「宿舍」去。
「啊！你做什麼？」他的力氣好大。「好痛！放開我！」
一進去，狄倫仗著體格優勢把她的身體抵在牆面，一手扣住她兩手腕高高舉起，另一手撐在牆上讓她完全無處可逃，進退不得。
他壓抑地低吼道：「到底賀以翔找妳幹嘛？」

眼前的場景讓珠珠不由自主的緊張起來、心跳加速，不明白他何以有這樣的轉變，一時怔忡得說不出話來。

狄倫將她的不語認定為「她的心在動搖」，心一急，口氣更加強硬：「快告訴我！」

珠珠感受到他男性軀體的逼壓，聞到他身上散發出來的酒氣。

「你喝醉了。先放開我，然後冷靜一下。」

「我沒有醉。」但他想藉酒裝瘋。

珠珠力求語氣平穩、鎮定的說：「就算你沒醉，也不會是正常。看看你現在的樣子。」

「正常的很。」

「哪裡正常？你抓著我的手，又把我……把我困在這裡……！像什麼話嘛！」最後那個語助詞，讓整句話變得不但不嚴厲，更像在對他嬌嗔似的。珠珠惱怒地轉開頭，不敢直視他的眼睛，一張俏臉脹紅，看來無限嬌羞。

狄倫果真醉了。醉在她的話語，醉在她的神情……。他想更靠近一點，嗅她的髮香，或者乾脆直接將她撲倒在床上，那也是不錯的主意。可是，他並不想魯莽行事。他是喝了酒，但神智還算清楚。

「我沒有醉，不需要冷靜。我再問一遍，他找妳幹嘛？如果還不回答，我不保證不會做出什麼驚人的舉動。」他要得到答案。

「……他向我道歉。」狄倫在生氣什麼？他知道他在說什麼嗎？他在吃醋嗎？珠珠腦海一團亂。

「還有呢？」

「他還說……要我……」

「要妳怎樣？」

珠珠猛一回神，說出遲了幾秒的質疑：「我幹嘛聽你的命令？你又不是我的什麼人？你沒有資——唔——」下一秒，她被人堵住了嘴。狄倫實在沒耐性聽下去，直接將她摟進懷中粗魯地吻她。

珠珠想說的話全封進了狄倫的嘴裡。怎麼會這樣？她腦袋一片空白。

狄倫的吻來勢洶洶，她手足無措。她能感覺到他粗喘的鼻息，充滿情慾的撫摸，粗暴、濃烈如火的吻……。不知過了多久，理智回來，她試著推開他，但他的手臂緊緊箍住她的身軀，完全動彈不得。她愈推拒，他愈緊縮，這一來一往，變相成鼓勵與誘惑，成就慾望律動，她的扭動在在剝奪狄倫殘餘的理智。

他費盡力氣放過她的嘴唇，粗喘著聲音說：「珠珠，妳別再亂動了……。」

「你這……你這是什麼意思？」她也很喘，帶著情慾。

「什麼什麼意思？」狄倫的嘴唇在說話的時候仍不時碰觸她。他還想再吻她。

「你……你親我！」狄倫他的吻和以翔的不一樣，具侵略性、佔有慾，她很陌生，很喜歡……。

「對，我是這麼做。」他又想再度覆住她的唇，可是這回她別開臉閃躲。

「可我不想！」這句話僅有百分之十是眞的。

珠珠的拒絕讓狄倫驟然冷靜。他鬆開她，往後一退。這個動作讓她出現不應該有的失望，同時感到尷尬與受傷。

「你戲弄我，覺得這樣做很好玩，是不是？」她指控的說，看著他的眼神哀怨又難過。

「不！我並無此意。」他看到賀以翔來找珠珠，妒火衷燒，不吻珠珠他一定會受不了。他要藉著「親吻」來穩固他的地盤，證明珠珠是他的！賀以翔休想搶走。

珠珠的身體軟軟的、香香的，說也奇怪，他不知道擁抱過多少個女孩，只有珠珠能令他產生又憐又愛的感覺。

這一刻狄倫心中完全沒有蘿拉的影子。

像珠珠這樣單純、美好的女子，他第一次遇到。他可以輕易誘惑她，而她一定不會輕易上鉤！在她眼中，他是過客、商二代、愛情不專的慣犯、桃花男……總之，她對他的印象很糟。可是他還是在乎她。不是因爲博奕案，純粹就是想要她！不准別人碰她。

賀以翔的出現，才讓這一切明朗了起來。

他不願意隨隨便便親吻她，如果時間夠充足，讓她慢慢瞭解他最好。

而現在他不得不提早行動了。

「我喜歡妳，珠珠……。我愛妳……，我不是一時衝動。」

聞言，珠珠感覺像夢一般的不眞實，內心春情盪漾，但很快地又苦澀起來。她不敢抬頭看狄倫。

「……狄倫……，不，不能……你不能喜歡我……更不能愛我。這太恐怖了！」她搖搖頭。

「什麼？『恐怖』？爲什麼？」狄倫一頭霧水。不明白他給她的愛意她竟用「恐怖」二字來回應。

「這要怎麼說……？呃……我的意思是……朋友之間的喜歡我可以接受。可是……，男女之間的喜歡……我不能接受。」察覺自己說得很拗口，她重又說：「換句話說，我們只能當朋友。」

狄倫咬牙切齒的說：「我不想只是當妳的普通朋友！」

珠珠看了他一眼，決定不再和他爭辯，想趕快離開他。狄倫動作比她快，立刻伸出兩條手臂再把她按在牆上，怕她跑掉。

「別鬧了！狄倫。你是有女朋友的人。」珠珠又是著急又是幽怨的說。

她爲何如此在意這件事？「好，就算我跟她是男女朋友，可是我們並未論及婚嫁。」

珠珠半晌說不出話來。最後，她頹然的說：「總之不行。」

「我說過了，我和蘿拉沒有——」

「好了，這點我知道！」珠珠加重語氣的強調。「但你們也沒有分手啊！我不喜歡這樣子，好像橫刀奪愛似的，雖然我沒有那個企圖。」她小小聲的補充。「……但……蘿拉心裡會難過吧……。」

一般女性聽到他示愛只會連聲說「好」，才不管他有沒有女朋友，甚至橫刀奪愛在所不惜，誰會在乎他現任女友怎麼想。

儘管珠珠莫名的堅持超過狄倫的想像卻也無可奈何。他放下手，插在腰部，挫敗的嘆道：「第一次遇到妳這種女生。」

「哪種女生？」她橫眉豎眼的問。

「單純、善良、可愛、能跟海豚說話、不願奪人所愛。」

珠珠苦笑一聲。「這些是你喜歡我的理由？」

「其它的有待交往後繼續發掘。」

「你要不是在逗我，就是被我哥撞壞了腦袋。」

「不管哪方面，我都很正常。」他有些生氣，他就是無法令她相信他。

「我們還是維持普通朋友吧……，這樣以後你還能來龍濱，繼續說服大家同意博奕案。」珠珠淡淡的說，知道他喜歡她她就很高興，其它不強求。

狄倫沉默。

他曾經喜歡蘿拉，只不過現在改變了。和珠珠認識只有幾天，但這次他是非常認真的，他很清楚自己的心意。

「那妳呢？喜歡我嗎？」依男人的直覺，他知道她對他有好感，仍希望聽她親口說出來。

珠珠抬眼看狄倫，反問：「你認爲呢？」

「我不想自大的認爲妳喜歡我，但我希望妳的回答是『是，我喜歡你』。」

「你的帥臉對我沒用。」

「我倒是有這方面的自信。」

「你太無往不利了。」

「沒有人會把失敗例子說出來。」

「有機會聽你的失敗例子嗎？」

「當妳成爲我的女朋友，我會告訴妳所有事情，包括我的內褲穿幾號。」

「我才不想聽……。」

心口不一的嬌嗔音調聽在狄倫耳裡，全身骨頭都舒暢極了。「妳忍心看我心碎？」

她撇撇嘴角，不在乎的鼻哼：「反正心在裡面，破了又看不到。」

狄倫被打敗似的垂下頭。珠珠可以聞到他頭髮的味道和體味，好想窩進他懷裡，溫暖的蜷縮著……雖然很臭。

「欸，你該洗澡了。」

「反正妳早晚都要說實話。」他暫時妥協的說。

狄倫一隻手還支在牆上，無意離開。

她鼓起腮幫子，「你到底要不要放我走？」

別急，給她時間。狄倫告訴自己，然後放手。珠珠得以從容的離開。

「賀以翔找妳做什麼？」狄倫不忘問。

「他要我再當他的女朋友。」珠珠如實以告。

「在妳回覆他之前，可以把我列入考慮名單內？」

「……再說吧。」

珠珠躺在床上已久，卻無半點睡意。愛情來得太突然怎麼可能睡得著？她滿腦子都是狄倫說的：我愛妳……我愛妳……我愛妳……像故障的音響一直重覆著主旋律，關不掉。

他是眞心的？不知道。

有沒有可能他是爲了博奕案而故意討她歡心，之後就甩人離開龍濱？不知道。

狄倫要她把他列入考慮名單……。

那，蘿拉怎麼辦？如果她對狄倫是眞心眞意，她的感情又該何去何從？

珠珠不想傷害任何人。

她下床，走到窗檯。明月高掛天空，夜色皎潔又神祕，繁星多得數不清。從小女孩一直到少女時代，有多少個夜晚她趴在窗檯發呆或做白日夢，跟她的兩位好朋友講未來、聊夢想、說白馬王子會來到這小島渡假與之邂逅，帶她離開這不發達的小島，一切宛如浪慢的愛情電影。

不過，長大的她不想離開龍濱了。她愛這個地方！

她也渴望愛情。

她目光瞥向置於窗檯的相框，照片中三個女孩姿態各異，清純、可愛、美麗。珠珠的焦點放在中間的女孩，唯獨她最有氣質美。

如果夢萱在的話就好了，她們三人可以徹夜長談。

想到這好朋友珠珠就難過。她們情同姐妹，珠珠以爲自己有機會叫她大嫂，可惜世事難料……。

她們是兩個不同世界的人了。

正當珠珠感傷過往時，一個新的想法陡地竄入腦海。

就算狄倫不是眞心的，在利用她，那又如何？她就不能接受被追求的樂趣嗎？想想看，這是多難得的機會，以後恐怕不會再來第二個帥氣又富有的追求者。就當做談了一場假日戀愛，只要不付出眞心就好，都市人不都這樣做。

珠珠打定主意：就這麼做！

第七章

五月廿日　星期六

「妳確定要這麼做？」

「嗯哼。」

「這樣做會不會太刺激了？」

「凡事都有第一次。你可以試試。」

「這也未免玩太大了吧！」

「你怕了？」

「我可不是被嚇大的。」

「有骨氣。我對你有些刮目相看了。」

「我不做會怎樣？」

「被我恥笑一輩子。」

「……太好了。」

今天是五月廿日，海洋祭第三天的活動項目是「捉豬」。

狄倫從未想過「捉豬」會是個動詞。他以爲是代名詞或形容詞，畢竟從未聽過有哪個活動是眞的去「捉一隻豬」？鬥牛、鬥雞是有。珠珠說那是成人版的「抓周」，抓到後心想事成。

眼前就有十五頭眞實的豬。不曉得牠們是不是知道自己的命運，惴惴不安的擠在圍場一角。

「你把紅布條綁上去了？」

「綁了。」

「寫了幾個？」

「照傳統規矩，一個願望。爲什麼不三個？」

「乾脆寫十個好了。明年有特別心願的人僅可寫一個，不能再多。」她半轉過頭來，問狄倫：「你寫了什麼？」

狄倫視線轉回到她臉上。「妳想知道就得先回答我昨晚的問題。」

「什麼問題？」珠珠裝傻，又突然想起來：「喔對，我考慮好了。」

「我被妳列入考慮名單了？」

「是的。」她自己內心加註：暫時的男朋友。

狄倫一聽，臉上出現開心的笑容。

其實她還是忐忐忑忑。算了，話已出口沒得反悔。「現在你可以告訴我你寫了什麼——」

這時，圍場響起主持人試麥克風的聲響，中斷了他們的對話。試過麥克風無誤，主持人開始介紹，道：「活動方式還以前一樣。會場準備了十五頭小豬，分三場比賽。每一場五隻豬上場，對應五位參賽者。我們的參賽者已經把寫有明年願望的紅布條綁在豬的脖子上了。待哨音響起，參賽者要在十分鐘內去抓綁有自己願望的小豬。要完全捉住，並將牠丟回原先載運牠們來的籠子內，如此才算大功告成，願望也一定會實現。抓到別人的豬不算——除非你要替他實現。」眾人一陣笑。「祝大家好運！請第一場參賽者入場。」

圍場利用木板與木柱圍成，約一座籃球場大。不少人圍觀，看不到的人拿椅子墊高。參賽者不分男女，以男性居多。田地比那天狄倫所看到還要泥濘，想必重新灌了水，增加困難度。

參賽者陸續入場，狄倫意外看到鍾海智竟然也來參加。

「妳大哥也有心願？」

「人都有心願。他每年參加。」

「願望還未實現？」

「去年沒抓到，今年他要再試試運氣。」

主持人含哨一吹「嗶！」五名參賽者往前衝向小豬。

「大哥加油！」珠珠喊。每個人都為自己支持的對象出聲加油。

溼滑的田地跑起來困難重重，無人不在一開始就摔跤再踉蹌起身。小豬們看到人類衝過來，嚇得整群豬朝左邊推擠，參賽者們也往那追，但談何容易？又滑倒了。只好再爬起來，追！小豬們看到這些人又來了，趕緊往右邊閃躲，參賽者們跟著往右追。幾回合下來，幾隻小豬決定不一起行動了，各自散開。所有參賽者在場中各自追逐自己的豬。有人抓到豬又被溜走，有人相互撞在一起，有人被濺起的泥水弄糊了眼睛，有人被豬絆倒，有人飛撲不成栽成泥人，還有人反被豬追……現場只能用無比混亂來形容。

情勢緊張但爆笑，狄倫也被這股競賽氣氛感染得熱血沸騰。珠珠看到緊張處會不自覺地抓緊狄倫的手臂。狄倫俯首望著珠珠需要自己，不自覺笑了。

第一場太激烈了，沒有任何人抓到屬於自己的豬，場邊加油聲不絕於耳。最後，終於有一個人在時間內完成任務，就是鍾海智。

一個不苟言笑，寧可窩在小島的珍珠飾品設計者，會有什麼特別心願？狄倫一面暗忖，一面拍手。珠珠開心地為大哥鼓掌歡呼。

「大哥，你太棒了！」

鍾海智緊抱著仍不停扭動的豬，騰出一隻手取下小豬脖子上的紅布條，然後走到籠子旁將牠扔進去，所有人給他如雷掌聲。

「倘若我沒有在時間內完成，應該會被笑吧？」狄倫被安排在第二場。

「嗯哼。不過你是外地人，大家不會吝惜掌聲的。」

「邊取笑邊鼓掌，眞好心啊。」狄倫咕噥道。

另外五隻小豬被釋放到田裡。

主持人宣佈：「請第二輪參賽者進場！」

「不用重新整地嗎？」

「省省吧。快去。」

狄倫從木柱上跳躍過去。

「你……」珠珠想叫他小心卻說不出口，一不小心露出了擔憂的表情。

他明瞭的說：「不用爲我擔心。」

「我才沒有擔心。」她心口不一的否認。「提醒你，我們可沒有投保喔。」

「那就大聲爲我加油吧。」說完，他與其他人並排站在田地一端。

狄倫記得他的那隻小豬卷卷的尾巴末端有一撮黑毛，以此爲憑，很快找到那隻小豬。小豬們似乎感覺大難臨頭而擠成一堆。

「嗶！」哨音乍響，五名參賽者拔腿往前衝。小豬們繞著圍場逃，形成人追豬的逗趣畫面。突然，有人從另一邊反過去包抄，小豬一下子全散開。頓時，大家各追各的。

經過第一輪踐踏過，田地比較不滑了，卻發生踩下去拔不出腿來的窘況。狄倫這才發現只有他還穿著鞋，直接擺脫掉鞋子。有隻小豬從他旁邊竄過去，狄倫追牠，卻被旁人大聲喝道：

「那是我的豬！去追你自己的！」

他追錯了。狄倫停下來，無奈地看著眼前的混亂……。這場賽事不簡單。

經過這一番折騰，田地被踐踏得宛若搗爛的豆花，這樣彷彿還不夠，他聞到豬屎味兒。該不會哪隻豬緊張得拉屎了？

狄倫決定盡量忽略那股味道及「可能存在的屎」，專注找他的豬。人雖然滿身污泥但還知道誰是誰。可是，豬隻們身上的特徵都被泥污蓋住怎麼找？

狄倫忽然看到有一隻豬很像是他的，趕緊跑過去抓牠。他用橄欖球球員的精神撲向牠，好運地抓到牠的後腳。被逮著的小豬用另外三隻腳扒地欲逃，蹭起許多泥漿，弄得狄倫滿臉滿嘴爛泥巴，狼狽不堪。豬一會兒就溜掉了。他匆匆站起來，下一個動作將身上的T恤脫掉，用衣服擦臉，然後拋棄之。他看看其他人，情形跟他差不多。

時間愈來愈少，有三人抓到豬了。狄倫有股非抓到不可的決心。**那攸關他的未來！**

他看到他的豬，牠正好在休息沒注意到他。他改變戰術，悄悄靠近……。眼看就要到手了，另一隻豬衝過來又把牠給嚇跑。狄倫一看，豁出去了，拔腿不顧一切地狂追牠。可惜，兩條腿比不過四條腿，牠遠遠把狄倫甩在後面。

「加油！狄倫！」珠珠喊。

狄倫自認意志力堅強，一旦下定決心便要達成。何況，他現在需要龍濱區的人的支持，對他刮目相看，他得有戰績。

抓到那隻豬！

豈料，那隻豬和他同樣的想法，牠不能被抓！可牠能怎樣？牠不過是一隻小豬，莫名其妙被抓來這裡，滿場亂跑。牠跑累了，於是不逃了。反過來面對狄倫，似乎準備與他一決勝負或同歸於盡。牠一衝過來，狄倫仗著人高體壯以及牠的「配合」，以泰山壓頂之姿將小豬壓在田裡，任憑牠如何扭動也掙脫不了。

狄倫費了好大一番工夫才沒讓牠脫逃，又用了九牛二虎之力把牠抱到籠子前，丟進去。

「嗶——」主持人哨音響起，時間到。「這一輪有四個人沒有抓到自己的豬，非常可惜，但精神可嘉。現在我們給所有參賽者熱烈的掌聲！」大家用力的鼓掌。

狄倫朝珠珠的方向比了一個大力水手的姿勢。他像個泥巴人似的，但神情無比驕傲，因爲他抓到一隻豬。

珠珠故意撇嘴角，勉強的拍掌，臉部表情故作不情不願似的給他鼓勵。其實，內心爲他的平安與獲勝高興。

還有第三輪比賽，不過珠珠不想看了。她離開圍場朝狄倫走去。

「哇喔……！」她看著他滿身泥漿說：「在太陽下曬一小時你就成了兵馬俑。」

「有沒有對我刮目相看？」

「算有吧。本以爲你一定抓不到。」珠珠笑了，狄倫因她笑而笑。「你的紅布條呢？」

狄倫連忙道：「啊，我忘記取下來。」

她眼睛一轉，問：「你寫了什麼願望？一定跟博奕案有關。」

他望著她。「跟妳有關。」

「我才不相信。」珠珠口是心非瞪著他，心裡暗自歡喜。

噢，他太愛她瞪他的模樣。要不是全身泥巴，他想就這樣擁她入懷。

這倒提醒狄倫一件事。「我該去洗個澡了。」

「快去吧。」

「妳呢？」狄倫問：「繼續觀賽？」

「我想去學校一趟。」

「又要去看那些馬賽克磁磚？」他洞悉的問語裡帶著取笑。「那有什麼好看的。」

「我就是想看嘛。」

一顆小小的瓷磚就能讓她滿心歡喜。他沒想到有女人能如此容易滿足。狄倫欣賞地望著她，說：「等我，我想和妳一起去。」

「好啊，我等你。」

狄倫向她行了一個軍禮，然後轉身離去。珠珠望著他的背影，不自覺的笑了出來。

她一輩子也看不膩他。好好看吧，能看他的時間就這幾天，狄倫大概也該快離開了。

「珠珠。」

一聽到這聲音，珠珠連回頭也懶了，直接往前走。她的手猛地被抓住。

她回過頭，直視著賀以翔。「放開我。」

「我終於知道妳爲什麼不願意再當我的女朋友。都是因爲他！」他忿忿不平地指著殷狄倫離去的背影。昨晚他去找珠珠時遇見殷總，當時三人之間微妙的氣氛曾讓他產生懷疑，後來他被迫離開，隨即又折返，躲起來偷看，結果看到令他無法置信的一幕……。

殷狄倫親吻珠珠！

「你們已經是男女朋友了？」好不公平，狄倫的條件太好，他望塵莫及。

珠珠不會向他解釋任何事情，但能讓他死心最好。「隨你怎麼想都行。」

「我看到他親吻妳！」

「偷看不是正當行爲。」珠珠惱羞地譴責。

「偷情也不是。哪！妳自己看。」

賀以翔放開她的手，早準備好似的遞上一份報紙。珠珠遲疑的接過來看。那是一份五月十五日的娛樂版報紙，標題是：

名模蘿拉與小開殷狄倫好事將近？

名模蘿拉與商二代小開般狄倫在基利灣海灘曬恩愛！他們倆人毫不避諱外人眼光，在沙灘椅上熱吻起來。隨後他們驅車前往著名的珠寶店。據悉，蘿拉挑了一枚戒指。由於倆人公開交往，形影不離，非常有可能好事將近！這會不會是定情之戒呢？記者求證經紀人，他極為神祕的但笑不語……

珠珠看完後不發一語，若無其事的把報紙還給賀以翔。「這是六天前的新聞。」

「他們一直熱戀中。」

「……那又如何。」

「那又如何！？」賀以翔用不可思議地語氣重覆她的話，「如果他們即將結婚，他現在跟妳交往就是在玩弄妳！」他生氣的說。經過昨晚親眼目睹，他從店裡的舊報紙堆找出這篇新聞來當做證據。

「新聞多半是空穴來風。」而她也不是眞心的，珠珠心想。縱然如此，仍免不了感到悵然。

「我認爲無風不起浪。」

珠珠瞥見小樂朝他們走來，倏地挺直身軀。她得在她來之前趕快結束這話題。她匆匆的對賀以翔說：「有時候他們會爲了某種情勢而故意炒新聞，這也是時有所聞。」一說完就走人。

賀以翔還不肯死心，擋住她的去路，怒指著照片，「這個未免演太大！」

珠珠悄眼瞄那張照片，狄倫欺身親吻蘿拉的照片的確很刺她的眼和她的心。

我只是暫時把狄倫當我的男朋友，佔便宜的人是我。珠珠心一橫，用力催眠自己。

「嗨！以翔。」小樂來了。很快就感覺到兩人氣氛不對勁。她佯裝自然的問：「你們在聊什麼？」

他們沒回答她。

珠珠沒有好語氣的對賀以翔說：「我和他怎樣不關你的事，你少一副儼然是我的保護者的模樣關心我。你是最沒資格說話的人。」

賀以翔自知理虧，卻也氣她冥頑不靈。「好，一切錯都怪我。難道做爲一個普通朋友不能關心妳？」

小樂看他。

珠珠說：「當然可以。」

小樂看她。

「那就相信我。殷狄倫他不可能對妳是真心。妳介入他和蘿拉的感情，妳就是第三者了。」

小樂用很快的速度轉回頭瞪視賀以翔。他剛才說了什麼？

「這點不用你操心，好嗎？我知道自己在做什麼。」

小樂又用很快的速度轉過去瞪視珠珠。她做了「什麼」？雖然小樂還搞不清楚狀況，不祥感覺已升起。

「希望妳不要因愛情而盲目。」賀以翔不打算輕易放過她似的在後面大聲說：「我會證明給妳看！」

小樂丟給他一個大惑不解的眼神後趕緊追珠珠。

他一臉不甘心地望著珠珠離去。一時快語，他該如何證明呢？

賀以翔盯著圍場傷腦筋，不肯就此罷休。

「珠珠，發生什麼事了？爲什麼以翔會說狄倫不可能對妳是眞心的？妳爲什麼會變成第三者？你們……妳和狄倫什麼時候變成那種關係？究竟怎麼一回事？喂！我在問妳話，別逃避。珠珠！」小樂硬拉著珠珠的手臂要她停下來。

珠珠握緊拳頭，實在受夠了老是被人拉住手臂強迫就範。她面向小樂，擠出一抹安撫的微笑。「我沒有和狄倫怎麼樣。」

「不要當我是笨蛋。」小樂沉著臉說。「妳和狄倫沒怎樣，以翔爲什麼會說他對妳不是眞心的這句話？」

「很顯然以翔誤會了。」

「很顯然妳眞的把我當笨蛋。」

珠珠心中長嘆，低聲道：「小樂，妳有所不知……。」而她有口難言。她能坦白告訴小樂實話，狄倫說喜歡她，愛她，但是她只當他是暫時的男朋友嗎？小樂會相信嗎？

「從頭說起。」

「說來話長。」

「那就長話短說。」

「事情很複雜……。」

「去頭掐尾講重點。」

「我……他……」

「妳不說清楚我不會饒妳。」

小樂的威嚇是眞的，珠珠只好把事情都告訴了她；除了親吻的部分。小樂聽完後一反常態沒有任何反應，很嚴肅的看著珠珠，像是思索又像生氣。經過一段緊繃的沉默時刻，他終於開口：「狄倫親口告訴妳，他喜歡妳？」

「嗯，而且是男女之間的喜歡。」

「而妳只是『暫時』當他是男朋友，一旦他離開龍濱這感情就『結束』了？」小樂的語氣有一絲絲懷疑。

「對！」珠珠堅定的應答宛若她的保證。

「這會不會是妳一廂情願的想法？若狄倫是認眞的，妳怎麼做？」

「妳認爲他是認眞的？」珠珠的語氣裡透著一點期盼。

「我怎麼會曉得？」小樂雙手一攤。「不用我提醒妳他現任女朋友是誰吧？」

珠珠好沒氣的低語：「全世界都知道。」

「她喜歡他，他喜歡妳，而她的前男友是——」

「停！她或他，他和她，到底誰是誰？我聽得頭都大了。既然是『前』男友就表示過去了，別再提了。」

小樂直直的看進她的眼裡，說：「我勸妳好多年，要妳交個男朋友妳都不肯，如今拉了個在龍濱具有爭議的男人來當男朋友，卻又說妳只是『暫時』當他是男朋友。珠珠，妳確定自己在做什麼嗎？」

「狄倫頂多再兩、三天就會回本島，到時候事情就結束了。我現在只是純粹享受被追求的樂趣，順便氣氣賀以翔。就這樣。」

小樂打從心底不相信她的分析，所以問了一個假設性問題：「如果狄倫只是個普通男人，不具任何顯赫身分也沒與任何人交往，妳會愛上他吧？」

這問題有陷阱，珠珠知道，但仍聳肩說：「或許吧。只可惜……對了！」她突然想到一件事。「我警告妳，不准對以翔或任何人說起我和狄倫之間的事，聽到沒？」

小樂用白眼回覆。驀地想起一件事，問：「以翔還對妳說了什麼？」

「談復合。」珠珠灑脫的說：「棄我而去者，不感興趣。」

「是因為狄倫的關係？」

珠珠吞嚥一口口水。「當然不是。」

小樂覺得她回答得心虛。「麻煩妳一件事，跟狄倫談情說愛或枕邊細語時——欸，別瞪我——請他打消主意，找別的地方設博奕。」

「我不想談這個問題。」

「試試看嘛。」小樂哪壺不開提哪壺的說：「反正他很快就離開。」

珠珠轉身離去，不理會她的揶揄。

「如果狄倫為妳拋棄蘿拉，鐵定是大新聞喔。」

珠珠頭也不回的揮揮手，小樂不清楚她是想表達再見或是不認為狄倫會為她與蘿拉分手。

＊ ＊ ＊ ＊ ＊ ＊ ＊

狄倫滿身泥巴與臭味，一心只想快點沖掉髒污，所以走得急促匆忙。一不小心撞到一名甫下船，頭戴斗笠，整張臉被頭巾包得嚴嚴實實的老婦人。

「抱歉、抱歉！」他連忙道歉。

「沒……沒關係。」老婦人顫聲說，聲音是雖低沉蒼老，但底氣足。

狄倫愣了愣。

老婦人迅速地蹲下伸手去撿尼龍手提袋。一個沒拿好，手提袋又重新掉回地上，這時從手提袋裡滑出一個精緻的女用皮夾。她想撿皮夾，狄倫先一步拾起皮夾，老婦人見狀慌忙收回手，似乎忌憚著什麼。

「好漂亮的皮夾。」蘿拉也有個一模一樣的。

「喔，這個……是我女兒送我的。」

狄倫一聽說是人家女兒送的紀念品，趕緊將皮夾還給老婦人。

「您女兒一定有份優渥的收入，那皮夾不是俗貨。」據他所知，限量的。

「大……概吧。」老婦人回答得含糊。

「有沒有撞傷您？」

「沒有。……謝謝你的關心。謝謝。」

狄倫忍不住多看她一眼，可是她把頭壓得非常低。

「您住哪？要不要我送您回家？」

「不用、不用。再見。」老婦人迫不及待的彎著身軀走開，可一點也沒有老邁不穩的步伐。

狄倫又升起一陣怪異感覺。或許龍濱區上了年紀的女性都老當益壯吧，像那些磨石磨的婦人們。一想到她們精力旺盛的體力以及葷素不拘的笑話狄倫便忍不住笑，敷著硬泥巴的臉頰立刻產生綳緊感，提醒他快點回去洗澡。

狄倫所走的方向與老婦人正好相反。老婦人一直走到巷口才不再前進，接著身影突然閃進巷內，躲在轉角處悄悄探頭看狄倫，見他頭也不回的往前行才暗暗鬆口氣。她稍稍活動一下筋骨，讓駝太久的身軀重新獲得舒緩。然後再次謹慎地環顧周遭，未見其他人，趕緊快步離去。

這時候的她既不駝也不歪，體態完全不像老婦人，倒像訓練有素的模特兒。

狄倫洗好澡之後，匆匆趕去與珠珠會合。

她一直瞪著他，直到他走近，抱怨道：「這麼久，洗貴妃浴呀。」

「味道好臭，不好洗。」

珠珠嫌惡地撇開頭。「又臭又香，好複雜的味道。」

「反正就是沒男人味。」

「放心，等你回本島早沒了味道，又一堆女人圍著你。」

他看著她。「我不擔心這個問題。」

「是啊、是啊，快走吧，大情聖！」

他們沿著路旁行走，一邊是田野，一邊是海，沒有車聲、風聲，只有寧靜。狄倫看到海邊有座層層堆疊起來的木頭堆，問：「那是做什麼用？」

「今晚有營火晚會。很熱鬧喔。」
「營火晚會也有由來嗎？」
「我們以前的祖先是海盜，從海上搶掠回來時都是晚上，所以會在沙灘上升火堆當做指引。家人等待時會跳舞給龍王看，祈求他們平安回來。發明了電之後有了燈塔，不再需要升火堆，但還是保留這個傳統，後來演變成未婚男女求愛的儀式。不過，還是以大夥兒同樂爲主。」
「眞有意思。」
「龍濱的未婚男女若有心儀對象，會趁此機會表達心意。」
想到數年前在那樣的場合賀以翔向珠珠求愛，狄倫非常不是滋味。
「這裡好安靜啊。」
「不習慣是吧？很多遊客不喜歡太安靜，有股沉寂壓迫著人，像被裝進玻璃罐似的。」
「我喜歡安靜。」
「一開始是吧。這地方步調緩慢，遊客容易消沉沒動力，日子久了肯定受不了。大概四天。」
「我曾在外國農場打過工，二年。」
「眞的？靠家裡不就行了何必那麼辛苦？」珠珠問。

狄倫瞪她一眼，顯然她的話冒犯了他。「我就是不想被人說話，所以才會在留學的時候打工。」

「受到什麼刺激？」

「也算吧。」

「發生了什麼事？」這一問，狄倫朝她蹙起眉頭。珠珠兩隻手做了一個交叉的動作，說：「要是不愉快就別說。我也不一定要知道。」

「我在想要從哪兒開始說。」

珠珠閉上嘴，讓他自己說。

「在國外時，我喜歡戶外運動也喜歡交朋友，每天都有人邀活動。那時我以爲自己很有魅力，充滿自信。有次，在派對上喝多了，躺在包廂內醉得迷迷糊糊，半夢半醒之間聽到旁邊的女生說我是個多金男，和我交往好處多多之類的話。」

「她們以爲你睡著了，暢所欲言。不醉的話，你想聽還聽不到。」

「是啊。頓時才恍然大悟是『錢』使我有魅力，不是我個人。」

「你恰好兩者都有。」

「我分不清楚朋友接近我是因爲錢或是我。」

「這有差別嗎？有很多人藉由自身的金錢或權利的力量交朋友，很正常啊。」

「倘若我不是那個有錢的我呢？」

你還是有魅力！珠珠看著他，沒把這句話說出口。

「沒有『錢』這個因素他們會怎麼看待我？我能憑自己的力量做到什麼程度？」

「你不能改變自己的家庭背景。」當她如此說的時候，狄倫別具深意的看著她，臉上帶著詭笑，她立刻意會過來。「你做了什麼？」

「某天，我告訴幾個人說我父親經商失敗，破產了！」

「他們相信？」

「嗯哼。事情很快就傳開來。」

珠珠瞠目結舌。「你那些讀大學的同學挺『單純』的嘛。」

狄倫聽了哈哈大笑。

「至少我分出來誰是為了錢與我在一起，誰不是。」

她若有所思的說：「我有點明白你何以花心。因為不知道能信任誰。我想就算是男人也會希望找到『對』的人結婚。」

狄倫端詳著她，感覺心如此被接近、被瞭解。

「妳終於認識了我。」

她故意漠視他的眼神。「然後呢？你又變回有錢人？」

「不，我就是在那時候去農場打工的。我說過了，我想試試自己能做到什麼程度。」

還沒聽完他的故事，珠珠已經對他刮目相看。

「就算你要試試自己的能力，怎不從本業的基礎開始？」

「我想嘗試不一樣的事物，所以在農場待了兩年。餵牲畜、清掃、擠奶、開農用車、剪羊毛、在暴風雪夜晚幫母牛接生……許多許多。」狄倫的眼睛望向遠方，似乎跌進回憶之中。

「你做得得心應手？」

他搖頭否認，表情像喉嚨被某物卡住，不上不下。「妳應該看看我第一次幫母牛接生的表情。」

「嗯，想像得出來。」

「擠牛奶弄錯方法，乳牛對我噴氣，只差沒一腳將我踢開，罵我：『蠢人類，到底有沒有交過女朋友？』」

珠珠想瞪他不成，盡力抿緊嘴唇，努力不讓嘴角過度上揚。

「還有剪羊毛。羊跑給我追，其它羊發出咩咩聲，好像對我喊：『加油，快追上了！』」他邊說邊帶誇張手勢表演。

珠珠再也忍不住的噗嗤一聲笑了出來。

狄倫繼續說：「貨車上乾草沒綁好，乾草沿路掉，直到我發現時僅剩一半，只好再回頭收拾撒了兩公里的乾草。」

珠珠笑不可抑。「我……肚子……好痛。」但仍停不了笑。

「謝謝妳的捧場，讓我的糗事更顯愚蠢。」

「對……對不起。」她笑到流眼淚了。「可是，眞的很好笑嘛！」

狄倫發現自己好喜歡看她笑，很眞誠、率直。他可以一直看著她而不感到厭倦。

珠珠察覺到他不尋常的注視，連忙斂起笑容。她乾咳一聲後問：「還有嗎？」

「想聽我的糗事，得先成爲我的女朋友。」他的話鋒一轉，問：「要不要？反正我已在妳的考慮名單內，乾脆直接當我女朋友如何？」

珠珠看旁邊假裝思考，想起小樂說過的話：如果狄倫只是個普通男人，不具富豪身分也未與任何人交往，妳會愛上他吧？這答案很明顯。不過，她有其它打算。她看著狄倫說：「要我當你的女朋友，你得先來追我。」

「我們不能跳過這個步驟直接來到『已經是男女朋友』的階段？」他想走捷徑趕上賀以翔。

她搖搖頭。「那就沒樂趣了。不行。」這是避免自己愛上他的必要手段。

「可是我感覺我們已經認識一輩子了……。」他嘆道。

「還不到一星期。眞的懷疑你的頭被撞壞了。」不過，他的說詞讓她很開心。

他面對著她。「有緣千里來相會，無緣對面不相識。」

她倏地脹紅了臉。這番告白誰聽了都會心動。可是，蘿拉怎麼辦……？

珠珠拍拍他的肩膀，狀似鼓勵。「加油，如果我們有緣的話，我會很快答應你的追求。快，繼續說你的糗事讓我開心。」

狄倫好沒氣的說：「講完了。」他感覺自己好像是隻被欲擒故縱成性的貓所捉弄的老鼠。

「你別心急。我太快答應也不是好事。」狄倫不解的望向珠珠，她裝模作樣的說：「你的條件這麼好，難道不怕我以『財』取人？」

他輕笑。「妳是嗎？」

珠珠瞥向狄倫，給了他一個高深莫測的神情。接著，她問了相對的問題：「別只批判別人。你挑選女朋友是否有『以貌取人』？說實話喔，因爲有照片爲證。」

「圍繞在我身邊的都是美女，不管哪一個都很漂亮，所以……」他聳聳肩當是承認了。

「是啊、是啊，就算被一群母豬包圍，你也可以找出最漂亮的那一隻。」珠珠嗤之以鼻。

狄倫不禁莞爾。「下次可以試試。」

一陣摩托車聲由遠而近，他們兩的注意力隨即轉移。騎士沒有帶安全帽，目不斜視地從他們旁邊騎過去。

「是妳大哥。」

鍾海智往他的工作船去。

「妳大哥挺像個型男。如果他不是那麼暴躁、乖戾，」他停下來看她的反應，博得一記白眼。「以他的才華到大城市發展絕對沒問題。甚至可以進演藝圈。」

珠珠瞪大眼睛，臉湊近狄倫，用手指指著他的鼻子說：「你千萬別在他面前提到演藝圈的任何事！這點你最好牢牢記住。」

他不明白這點有什麼重要。不過，他真喜歡看她的表情，不管是火冒三丈或慧黠精明或威嚇都好可愛。

和他在翻雲覆雨時又會是何種表情……。狄倫的思緒朝禁忌的畫面想去。

「我快親到妳囉。」

珠珠遲鈍的察覺太靠近他，趕緊後退，然後小快步的往前走。

他不應該打草驚蛇的，可惜。當什麼君子嘛，直接親下去就好了。

「我想延續昨晚的吻。」他故意放話看她的反應。

珠珠警告他：「若還想活著回本島，你延續性命先吧。」

「妳逃不了多久的，我沒那麼好打發。」

「你也不見得會贏。」她發覺若不要太在乎他逗弄的言語，和他談話倒是一種樂趣。

狄倫壓抑著笑意，從後追上她。

「妳還要不要聽我的糗事？」

「我以爲你說完了。」

「我還沒告訴妳我被一群母豬包圍的事。」

「那是我說的。」

「不，是眞的母豬。我拿飼料餵牠們時……」

沒多久，兩人又有說有笑的往學校走去。

「噢……」再度看到滿教室的馬賽克磁磚，珠珠依舊情緒激動。她打開其中幾只箱子看，又拿起專用工具試試其靈活度，每一樣都令她愛不釋手。「有了這些，我們可以重新裝飾學校了！」

「妳有什麼靈感？」

「我們可以動物或植物爲主題，也可以試試難度較高的人物像。」

「以世界著名景點爲主題妳覺得如何？結合課本知識，由此讓他們瞭解其它國家。」

「這主意很棒！」珠珠眼睛發亮的說：「你怎麼想到的？」

「靈光乍現。」

「還想到哪些？快說。」她滿懷期待地望著他。

「如果想試試高難度，從抽象畫下手也不錯。」他想再多說一點，但她如此專注地看著他，他無法專心思考。

「眞聰明。」

「這句話是褒獎吧？」

「沒錯。對自己有信心一點。」

「我對自己很有信心。」他重申，但珠珠已調開目光，盯著馬賽克磁磚看。向來都是女人用盡方法吸引他，現在狄倫願意用任何代價讓她多注意他一些。他沒信心能……。

「我說妳這個人啊，眞是沒禮貌。」

珠珠被突如其來的指控嚇了一跳。

「怎麼說？」

「送妳這麼多東西卻沒任何表示。」

「我有謝謝你啊。」

「只有『謝謝』太沒誠意了。」

見狄倫不領情，珠珠皮笑肉不笑的問：「你想怎樣？」他微微彎身，然後指著自己的右臉頰。這意思再明白也不過了。珠珠像被電觸到一般往後跳。「怎麼，要我給你一拳？」

狄倫沒理會她的威脅，繼續索求：「我要的眞的不多。一個吻，而且是頰吻呢。妳欠我一個人情尚未還。」說得好像自己損失很多，虧大了。

珠珠倒抽一口氣，瞪著狄倫。「那不是你自願捐獻的嗎？居心不良。」

「就當我是。」他聳聳肩，十足無賴的表情。「而且我索討有理，因爲我已經是妳的備胎男友。」

「當備胎還講得那麼大聲，不覺得丟臉。」

「在妳面前要我當什麼都可以。當情人更好。」

「做善事還厚顏向人家討取謝禮，眞好意思。」

「我就是臉皮厚。不然妳咬我啊。」

狄倫已經擺明態度，珠珠就算不肯也得表示感激，否則就變成她不識相了。

「就一個吻，不能再要求別的。」她愼重的說。

「就一個吻。除非妳願意多給。」在她眼中他一文不值，狄倫沒氣的想。

狄倫微微往前傾身，一動也不動的擺好姿勢，嘴角像隻老謀深算的狐狸神祕地笑著。

好吧，只是一個吻。……又不是沒吻過。珠珠深吸一口氣後，打算用最快的速度「啄」一下就離開。她慢慢的靠近他，但上半身卻離得遠遠的，彷彿他是某種不得不接近的病原體。

「妳眞懂得如何挫我男人的自尊心啊。」

「你……你頭低一點……，沒事長那麼高做什麼！」他依言再彎腰，珠珠趁機快速的親他一下，然後趕緊離開。

狄倫他早看穿她心思，伺機而動等著她自投羅網。所以趁她靠近時悄悄環住她的腰，當她要逃跑時已來不及，將她收攏在懷中，哪兒都去不了。

「妳以爲我就這樣輕易放過妳？我可是殷狄倫耶。」

珠珠隨他想怎麼做就怎麼做，反正明白自己逃不掉。

「你又要……像上次那樣用強的……？」

狄倫表情變柔和，熾熱的眼神梭巡她臉，再凝聚到她戒備的眼睛。「必要時我會是個君子。例如現在。」

他緩緩地摟著她的腰身往自己身上貼，緊張的她上半身更往後仰。他一手扣住她的腰，挪出另一隻手緊箍她的後腦勺。此時，他摸到她那倔強的卷髮，仔仔細細感覺其髮絲的質感與濃密，彷彿進去了再也出不來。他慢慢但不容反抗的縮短兩人之間的距離，把頭降得更低一點。

「……狄倫，你即將非法入侵。」

他就知道她會這麼說。「唉……我只想親妳……。」

他太接近了！珠珠的心在顫抖，她的雙腿癱軟。她屏息的想著下一步該怎麼辦？腦袋竟然也罷工了！

狄倫深怕嚇跑珠珠，所以緩緩地、緩緩地靠近，他們嘴唇接觸的那一剎那，眞是太美妙了！

珠珠才曉得自己是如何的自欺欺人。她渴望他的吻，不管他是誰，不管他做了什麼，她想被他愛、被他吻。她放縱自己別去想其它事物。如果她不會愛上他，又何必限制自己的慾望？何不乾脆享受一下。她吐出不自覺屏住的呼吸，像是滿足的嘆息。

狄倫早已禁制得難受，聽到她的呢喃如得到鼓勵般的移動他的手，滑過她的背部，往下溜到她的腰，然後又往上移。直到她摟著他的脖子，他那快耗竭的自制力終於崩潰抱著她猛烈的往前移動，直到她抵住牆壁才停住。他不再壓抑饑渴地移動嘴唇，一遍又一便，彷彿要吸乾她肺部的空氣，又彷彿懲罰她某事。又吻了一個世紀那麼久，他依依不捨地離開她的唇，難受的深呼吸著，低頭望著同樣漲滿激情的瞳眸……

珠珠望進他的眼裡，他的吻那麼火熱又那麼甜蜜，她何必掙扎，何必抗拒？如果他假裝愛著她，她也可以「逢場作戲」不是。

「還不承認妳喜歡我？」狄倫以性感、沉厚的聲音問。

珠珠喘息著垂下眼睛。「一個吻而已，不具任何意義。」

狄倫笑笑，毫不在意她沒感情的語言，兀自享受這片刻的溫存。

「一個吻而已是嗎？我若是原始人，才不管三七二十一直接把妳敲暈，拖進我的山洞當老婆。接下來，哼哼哼……生米煮成熟飯。」

「幸好你是文明人。」他的胸膛很寬闊、溫暖，眞希望能待久一點……。

狄倫勾起她的下巴。

「我不知道我的耐性可以到達什麼程度，但忍久了不僅有礙健康也會變成野獸，到時候妳就『慘了』。」

到時候如同一句解除魔咒的咒語，點醒珠珠所有理智。

「到時候你就離開龍濱了。」說完，輕柔但堅定的推開狄倫。

「我離開龍濱區也會帶著妳一起離開。我愛妳，珠珠。」

她驚訝的看著狄倫。他是認眞的嗎？珠珠想高興卻雀躍不起來，因爲……「我愛龍濱，我會離開的話早就和以翔一起去本島了。」

「偶爾，我們可以一起回來。」他討厭聽到她直呼賀以翔的名字。

或許激情沖昏了她的頭，或許他說的話太遙遠空洞，他在談論他們的未來，但珠珠總覺得缺少眞實感。

「你知道你現在說的話代表什麼意思思嗎？」

「我當然知道。我——」

「別再說了！狄倫。……別再給我多餘的溫柔和不切實際的幻想，那會令我有所期待……」還有傷害……。

「我太唐突了，但是我……我眞的想帶妳離開龍濱區。」狄倫急著解釋而頓了一下，使得他的話聽起來缺少說服力。

充滿浪漫的泡泡破滅了，取而代之的是懷疑。珠珠懷疑他大方相贈馬賽克磁磚的動機、懷疑他求愛的動機，懷疑他一切一切。而這件事大家都警告過她了。

「是因爲博奕案對不對？」

「什麼？」

「懷疑」如巨浪般鋪天蓋地，瞬間淹沒了珠珠的理智。

「你們公司一直派人來遊說我爸開放博奕但都沒成功，所以你親自出馬。你來了之後沒有表明身分直到被小哥撞倒，送到醫院。接著被我大哥認出你來，我們才知道你是誰。然後你又留在這裡，參加這裡的活動。雖然你沒有提起過博奕的事，但或許你還在想怎麼說服我們。」她滔滔不絕的往下說：「後來你發現從我身上下手比較容易，因爲我比較單純，比較笨。只要我答應你的追求，你會慢慢說服我開放博奕。只要我被說服了，你就會要我去說服我爸爸、我哥哥、甚至其它人。最後，博奕開放了，我也……也被你甩了。因爲你的目的達到了。」

說完後，珠珠沒有揭發他重大陰謀的快感，倒像是掀開內心潘朵拉之盒，懷疑、猜忌、妄想……盡出，獨留愛情在盒底。

狄倫感到哭笑不得。

「妳認爲我是因爲博弈案才對妳說這話？妳在懷疑我的居心？」他明白了，但也發怒了。「妳貶低了我殷狄倫，我不會爲了利益而對一個女人天花亂墜。」

「沒有人會在短短時間內就喜歡上另一個人，還承諾帶她離開。除非他另有所圖。」

「有！小說、電視、電影多的是這類故事。」

珠珠瞠目結舌，訝然道：「那只是『故事』！給那些無法在現實生活中得到滿足的人看的。而且故事最後一定都是『從此幸福快樂的生活在一起』，否則誰要看？」

「妳應該對人性多一點信心。」

她再次心痛地說：「別忘了，你是個有女朋友的人。教我怎麼對你有信心？報紙上說你要結婚了。」而她還蠢到讓他當她暫時的男朋友。

這是另一個徵結。他們心裡同時想到，卻無助於眼前情勢。

狄倫彷彿洗了一場激情、生氣、沮喪的情緒三溫暖。

他想對珠珠說雖然他動過這念頭，但沒有向蘿拉求婚。

「珠珠，我——」

「別再說了，狄倫。」珠珠用力深吸一口氣，命自己快速冷靜，接著用平和的語氣說：「之前說過的話我反悔了，我要把你踢出考慮名單之外，」即使是假的她也不要了。「我們當普通朋友就好。以後別再提任何私事，也別試圖說服我博奕案一事。還有，謝謝你送的馬賽克磁磚，我們會好好利用。」說完就離開教室。

狄倫無計可施，只能眼睜睜看她走。

爲什麼不到一星期他便移情別戀？狄倫自問。他對蘿拉沒感情了？他一向憑感覺做事，對珠珠的愛是一時的？這幾天，他單方面切斷對蘿拉的感情，雖有遲疑卻沒有眷戀。然而，當珠珠將他踢出考慮名單時，他開始感到焦慮。這豈不是給了賀以翔可趁之機！？如果她再次與賀以翔復合，他一定開除他！

他究竟是怎麼回事？他到底喜歡誰？一個是完美的名模，一個是純眞可愛的鄉下姑娘，取捨這麼難嗎？或者，兩個他都喜歡？

狄倫現在的心情宛如鐘擺。

第八章

那名與狄倫相撞的老婦人走到情人灣就沒再去別的地方。這裡似乎是她最喜歡的景點，因爲她已在此地岩石上坐著看海一小時。

好奇怪，不都是海景，何以這片海就是美得讓人捨不得離開？

一個小小聲音陡然出現：妳不就離開了好幾年？

我很想回來，只是沒空……。

小小聲音酸酸的回道：現在有空了，卻未以眞面目示人，也沒到處走走、看看，這又算什麼？裝神祕？

我怕被認出來，麻煩……

小小聲音不滿的說：這裡到處都是妳的鄉親朋友，怕被認出來就別回來。

我想家鄉、想看熱鬧的活動、想放下面具、想結婚……。

小小聲音說：放得下就回來，放不下就永遠別想。拖拖拉拉，不乾不脆的，最煩！

她苦笑。眞的，就是因爲猶豫不決所以才錯過昨天的祭海，今天也沒有看到捉豬。

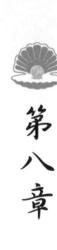

想必很有趣。

時間差不多了，該回老家看看。

離開情人灣之後，老婦人沿著路旁慢慢步行，享受著難得的寧靜，沒注意自己已走在馬路中線。行經一處轉彎，眼看就要被一輛摩托車撞上。騎士爲了閃避她硬生生的扭轉車頭以致於自己摔車，她也嚇得跌坐在地上。

騎士車上的物品散落一地，自己也有受傷，但仍先關心老婦人的傷勢。他扶著她的手肘與手，「對不起，我沒注意到您。您有沒有受傷？要不要緊？」

老婦人乍然聽到這聲音，猛地把頭一抬，頓時兩人四目相接，騎士傻了，老婦人也嚇一跳。

「阿智。」

「夢萱！？」

＊　＊　＊　＊　＊　＊　＊

狄倫走進鍾家那座小巧、獨樹一幟的庭園前撥了通電話給殷雄。

「你那邊事情辦得如何？」

「還在處理中。」

「和他們聊過了？」

「目前尙未談及此事。博奕案牽涉到的範圍很廣，除非島民有共識或政府強制執行，否則一時半刻是不容易達成。我認爲如果要收攏人心最好是全面性的，而且要長期。」他抓抓頭髮，不知是癢還是煩。

「怎麼說？」

「我發現龍濱區最缺乏醫療及教育資源，如果由我們基金會出面，給予他們幫助，或許效果會比單獨圖利某對象佳。」

「即使給予幫助他們也未必會答應吧？」殷雄提出他的疑慮。

「沒錯，他們不一定會答應。可是，讓基金會做些眞正有意義的善事，長期下來培養信任與好感，將來有一天或許他們自己會改變想法。」

殷雄想了一下，覺得狄倫說得有道理。商人做事要看長遠，不求立竿見影。

「我明白了。你何時回來？」

「我想再多待幾天。」

「我在報紙上看到一個和你同名的人，救了另一個人的新聞。是你嗎？」

「是我。」

「我以你爲榮。」殷雄說，然後掛斷電話。

狄倫很希望能再見到珠珠，和她說說話。他迫切渴望見到她！他走進客廳，準備上樓找她。這時客廳裡來了些客人，他們正在激烈討論某件事情。

「來喝茶，狄倫。」鍾鎮亥招呼他，他只好坐下來。

「……剛開始補魚時啊，什麼都抓得到，但自從卅十多年前他們使用拖網漁船，幾乎抓走所有東西，包括魚卵，因爲他們使用的漁網網眼非常小。這非常危險，因爲魚類沒有後代就可能絕種。」一位皮膚黝黑的老男人說。

「拖網漁船捕撈過度，沒有保留足夠的魚群是一個問題。另外還有那種非法、無報告及不受規範之漁撈，政府未採取嚴厲及有效措施取信於國際，造成我們漁獲配額被縮減不說，還遭受國際漁業史上史無前例被羞辱及最嚴厲的制裁，說到這就令人氣憤！」一位雙手滿是皺紋的老男人憤慨的說。

「各大洋都有補撈過度的情形，加上保護海洋生物意識抬頭，高經濟價值的魚都被國際限制補撈，我們的處境一年不如一年。依我看，再這樣下去以後我們只剩下海草可以撈！」

一名中年男子怨聲載道：「說到海草，我每次清那些黏在漁網上的海藻黏液心裡就很幹！難清死了！還有藤壺，簡直像長在船體上的腫瘤。」

「爲什麼會這樣？」狄倫發問，想瞭解他們多一點。

鍾鎮亥解釋給他聽：「溫室效應的關係。海水變暖，溫度一高，海裡腐爛物便會浮出海面，造成更多的海藻。海藻黏液不容易移除。」

「你們也會在公海補魚嗎?」

「那是八百年前的事了。」一臉風霜的老男人說:「由於遠洋漁業迅速擴張,沿岸魚源國爲確保自家資源制定國內法,區域共同歸範也納入國際公約中。公海補魚早已不復存在。就算有,也會有漁獲配額。」

「那也不錯,是吧?」狄倫說,但得到的答案不樂觀。

「大家都在爭食,配額逐年遞減,好個屁!」

「政府有什麼因應措施?」

「問那麼多是想要當海人啊?」中年男子火氣大,遷怒到狄倫身上。

狄倫雙手一攤,表示自己無害。

「來!大家喝茶。」鍾鎮亥出面緩頰,替大家重新倒茶,然後開口道:「政府能做的無非是拿出鐵腕措施整頓因應,執行國際要求我國對於權宜籍漁船非法洗魚一事進行改善,這點比較重要。當然,我們也希望政府能補貼漁船漁港管理費,調降漁民保費率,減輕負擔。其餘的,要看老天爺願意給我們多少魚。畢竟,海洋環境惡化一年比一年嚴重,雖然有保育卻仍趕不上破壞。」

「還有一個問題更重要。」雙手皺紋的老男人說。

「什麼問題?」狄倫問。

「現在年輕人不喜歡出海補魚,後繼無人。」

「這倒是很嚴重。要培養漁業人才是不大容易。」狄倫說。

「這個問題在任何行業都一樣。」鍾鎮亥說。

雙手皺紋的老男人斜眼瞅著狄倫，挖苦他：「除非是含著金湯匙出生！否則都得刻苦耐勞的做。」

「含著金湯匙代表要背負更多的責任、更多的重擔，不見得比較輕鬆。」狄倫解釋他的處境。

一臉風霜的老男人說：「不要得了便宜還賣乖，不管怎麼比較你們還是比我們普通人強。不但討個漂亮老婆很容易，還可以養小三、小四、小五……要多少有多少。」

鍾鎮亥抬起眼皮對他說：「別一竿子打翻一船人，不是每個有錢人都熱衷此道。來，喝茶。」

一臉風霜的老男人撇撇嘴角，懶得吭聲，端起茶杯啜飲一口。

「世道不好，大家賺錢都很辛苦。除了要節流，還要想辦法開源才行。」鍾鎮亥說。

皮膚黝黑的老男人哀聲嘆氣：「我們只會抓魚，最厲害的把魚做成加工食品再賣出去，除此之外實在想不出新名堂來開源。」

火氣大的中年男子說：「可惜龍濱的土地不夠大，不然可以蓋五星級大飯店，賺觀光財。正好迎合殷老闆的期待，是不是啊？」

「別的國家也有博奕，不管是賭場或飯店，或者其它遊樂場都很不錯。治安也很安

全。」狄倫說

「國情不一樣，無法複製吧？」中年男子不認同。

「當然要特別規劃。」

「說來聽聽。」鍾鎮亥說。

「我們可以將龍濱區分為兩區，一邊為博奕特區，另一邊是龍濱區居民居住的地方。若擔心太多外來人口干擾了你們的生活，可以設置一道界線，立規定，非龍濱區居民不得進入。這樣既可以保留你們的生活又可以提供就業機會或生活上的便利；有了博奕的稅收，政府自然會回饋龍濱區，不管是醫療或教育或地方建設都可獲得改善。」

他們聽了默不作聲。

中年男子仍然撇著嘴角，不表贊同的說：「這樣還是太複雜了，好像家裡分租給一位風塵女子，雖然各過各的生活，但就是多了很多變數。」

「對、對、對。而且物價、房價一定會上漲。不過，這些都是其次啦。一旦開賭，就是不歸路！要是不小心深入我們社區，也就毀掉家庭安身立命的機會。與其這樣，不如保有現在的單純，就算有一點不方便也無所謂。反正我們早就習慣了！」雙手皺紋的老男人說。

「就是啊。」

「不好、不好。」大家紛紛表示不認同。

狄倫也不以為意，這等大事絕非一朝一夕可決定，至少他已經將最理想的辦法告訴他們，其餘就看他們如何想。

「欸，大老闆，我問你，報紙上說你要跟蘿拉結婚這事是真的還是假的？」一臉風霜的老男人突然問及此事，大家不約而同轉頭看狄倫。

狄倫沒料到有人問出這問題，顯然大家很有興趣知道這話題。

「我們目前交往穩定。」

「你還年輕，該不會只是玩玩的吧？」中年男子不友善的問。皮膚黝黑的老男人竟瞪他一眼。

「當然不是。……只是還沒規劃到未來。」

「你們有錢人總喜歡『試吃』後才決定要不要買下，如果不買，吃下肚也討不回。」中年男子極盡挖苦之能事。

狄倫聞風不動，對冷嘲熱諷的話早已免疫，只覺得納悶，他們不像是對這類八卦新聞感興趣的人。

「試吃，也要有人先端出來，否則豈不自討沒趣。」狄倫回道，一句話把中年男子的嘴堵住。眼見戲唱不下去了，他乾脆把煙一捻，起身離去。

正好鍾林明子喊道：「吃午飯囉。」眾人趁此起身告辭。

珠珠沒有出現在廚房，不曉得去哪兒了，但一定在躲他。

他從窗戶往外望。咦，那兩個人……？

＊　＊　＊　＊　＊　＊　＊

鍾海智想過了無數次，就在他以為今年又無望時，沒想到會在此時此地遇見她！他傻愣愣的看著眼前這位老婦人，動也不敢動，話也不敢說，大氣不敢吭一聲，深怕夢醒人去。

是老婦人先出聲，喚了句：「阿智……。」聲音充滿懷念，完全沒有蒼老聲。

鍾海智眨了眨眼睛回了神，再一望，眼前的人還在，沒消失。確定自己沒有作夢，才想放開老婦人的手，隨即意識到她可能有受傷，仍扶住她的手肘，語氣僵硬的問：「站得起來嗎？」

「可以。」她一站好，鍾海智立刻放開她轉身去收拾自己的物品。她走過去幫他，發現他手指關節正流血。

「你受傷了。」她翻找手提包，「我這裡有面紙。」欲替他拭血，但鍾海智顯然不接受她的關心，除了逕自收拾物品外，還打算騎上機車就此走人。而他也眞的騎走了。

可是，只騎了五十公尺就停下來。老婦人見狀，快步走向他。她什麼話也沒說，先用面紙拭去他手傷口周圍的血，接著走到機車後面坐上後座，然後他載著她離去。

這一連串動作像呼吸一樣自然、順暢。

鍾海智直接將老婦人載至她的老家。

另一名老婦人正在曬蔬菜乾，聽到摩托車聲便抬頭瞧。

「媽，我回來了。」鍾海智載的「老婦人」拿下包覆著臉龐的頭巾與斗笠，露出一張精緻秀麗的臉龐。

沒別人有這張漂亮的臉龐，正是名模——蘿拉。

「夢萱？妳回來了！」老婦人驚喜不已，對她身上老嫗裝扮視若無睹。「怎麼沒先打電話回來我好準備妳喜歡吃的菜。幸好因爲節慶的關係，冰箱裡已經冰了好多菜都快吃不完，妳回來正好。」

「我也是臨時決定回來的。」

「妳要是早點回來就好了，可以參加祭海。有收到我寄去的邀請卡吧？」

「收到了。」

「妳好幾年沒回來參加。今年好熱鬧呢！這次要回來幾天？」

「二、三天吧。」

「太好了！妳可以幫忙吃菜。」老婦人高興的說。眼角瞥見鍾海智正要離去，忙叫住他：「阿智，好久不見。進來坐啊！」

「我還有事，下次吧。」

蘿拉朝鍾海智走去。「謝謝你送我回來。」她希望能和他多說幾句話，但不確定他是否願意與她交談。

鍾海智給了她一個淡到察覺不到微笑後騎車離去。

早該知道會有這樣的反應。蘿拉黯然的想。不過，不怪他。

「夢萱，趁現在還有太陽，去把妳房間的被子拿出來曬一曬，順便將妳房間的窗戶打開通通風。」

「好。」

蘿拉重新換上家居服，將被子抱出來曬。老婦人笑說：「這樣穿好多了，剛才看到妳還以爲是哪個歐巴桑。對了，妳匯回來的錢我都有收到。我寄給妳的粽子吃完了沒？」

「早吃光。妳怎麼沒多寄一點，不夠吃。」

「妳不是怕胖，我沒敢多寄。明晚的營火晚會要不要去？」

「很想去啊。」

「妳可以穿我的衣服，不會有人認出妳來的。」

「會不會被人誤認是妳？」

「隨便妳。對了，我有喝妳寄給我的減肥茶。妳猜我瘦了幾公斤？兩公斤。」

「才兩公斤？」

「很多啦。」老婦人力挺減肥茶。「沒喝以前連八兩也減不下來。」

母女兩閒話家常，未因女兒多年未歸無話可說。

「那保養品呢？」

「我沒擦。皮都老了擦也沒用。擦那組皮沙發還有用點。」

「如果沙發有用，妳的皮也會有用。」

「好啊，改天再試試。」

「爸呢？」

「在區長家聊天。」

蘿拉曬被子時，太陽正毫不留情地照著她的臉，但她卻笑了，仰頭接受陽光的照拂。

老婦人瞅著她問：「妳在笑什麼？」

「陽光很好。」故鄉的陽光曬起來就是不一樣。

「呃……夢萱啊，妳告訴媽，妳眞的要跟那個殷狄倫結婚？」

「妳從報紙上看到消息？」她問，老婦人點頭。「還沒有啦。不過，他要帶我去見他父母。」

「那好！他現在在龍濱，妳知道嗎？」

「知道。不過，我不是爲了他回來。」

「妳的婚事……」

「如果他向我求婚，就此息影。」蘿拉斷然的說。

老婦人嗤道：「他動作眞慢，眞不可靠，還不如阿智的好。」
「阿智……幾個孩子了？」蘿拉狀似漫不經心問。
「還沒結婚哪來的孩子？妳知道嗎？他現在在設計珠寶！」
「設計珠寶？媽，妳是不是聽錯了？」
「是他阿姨親口告訴我的，不會錯。而且他設計的珠寶很有名氣呢！他現在的身分不僅是海人，也是珠寶設計師。」老婦人笑著搖頭，有感而發的說：「嘖，天氣多變化，事事難預料啊。」
蘿拉附和道：「沒錯。」眼角瞥見一個人走來，她興奮地高聲喚：「阿爸！」
「夢萱？」皮膚黝黑的老男人既驚又喜。

＊　＊　＊　＊　＊　＊

珠珠心情惡劣到極點。
她怎麼會讓自己陷入這種困境？明知道狄倫是爲博奕案而來還故意跟他玩感情遊戲，明知道他是蘿拉的男朋友，還放任自己與他接觸。她分明是拿石頭砸自己的腳。天底下也就只有她這個自以爲是的笨蛋才會做這種蠢事！他幾乎是個陌生人，而且花名在外，惡名昭彰。什麼我只是「暫時」當他是男朋友，什麼佔便宜的人是我。簡直是把自己送入老虎口中。

……可是……，她眞的喜歡他。

儘管不知道怎麼發生的，但自然而然就變成這樣了……。現在怎麼辦？只有等狄倫回本島她才會徹底死心忘記他。珠珠沮喪的想。

她拭去臉上的淚水時，旁邊遞來一張面紙，她抬頭看。

「……以翔……。」

「我不想猜測妳爲什麼哭，但妳應該看看這個。」他攤開自己的掌心。

珠珠看著那條紅布。「這是……？」

「我從狄倫抓到的那隻豬脖子上取下來的。」

珠珠取過泥濘的紅布，打開看。上面寫：**勢在必得，博奕大案**。

她氣得用力將紅布扔掉。不用等狄倫回本島，現在就可以對他死心了！他眞的只是爲了博奕案，順便玩玩她。

「他對妳只是玩玩的。」

狄倫從頭到尾都在利用她。

「他從頭到尾都在利用妳。」以翔說。

他果然是想透過她達成他的目的。珠珠憤慨的想，

「他接近妳是有目的的。」以翔又說。

不要再說和她內心一樣的話了……珠珠氣結的想。
「我們什麼事也沒發生。」
珠珠此地無銀三百兩的說法賀以翔並不相信。現在該他努力挽回她的心。
「再給我一次機會好嗎？珠珠。」
珠珠嘆氣，心力交瘁地說：「最後還不是又回到原點。我不會和你去本島。」
「我已經想出解決方法。」
「什麼方法？」
「我們先訂婚，妳留在龍濱，我在本島繼續奮鬥，多賺一些錢，等錢存夠了我們就結婚。」
「婚後住哪？本島嗎？」
「當然是龍濱。」
「你要離職？」
「為了妳，我願意。」他用雙手包住她的手，放在心窩處，說：「我不想再失去妳。」
他以溫柔的眼光看著她。
賀以翔心裡的盤算是，結了婚後再說服珠珠去本島和他一起住。
這是珠珠以前最想聽到的答案，現在聽也很欣慰，但就是缺少了一點點她說不上來的感覺……。她理應欣喜若狂，可是沒有。不但沒有，還對他說：「謝謝你。」

謝什麼？謝謝他離職留下？謝謝他又回頭找她？說眞的，她自己覺得這句話謝得有點奇怪。

也許是因爲兩人分手太久，關係生疏了吧。珠珠猜。

賀以翔湧起希望的問：「妳願意了!?」

不，他誤會了。珠珠心裡錯愕的想。

「呃……讓我考慮好嗎？」她婉轉的說。

賀以翔聽得出她語氣的遲疑。他把她的手移到她的腿上，然後鬆開，彷彿歸還她重要的東西。

「我知道之前是我不好，說離開就離開，一點都沒有顧慮到妳的心情，讓妳傷心。」他懺悔似的說。「如果妳考慮好了，讓我們從頭來過，我不會再讓妳受傷。」

「當然不行。」珠珠淡然一笑，聳聳肩，「這太糟了。」

賀以翔重重拍了一下自己的膝蓋，然後站起來，面向著她像紳士一樣的彎腰行禮。

「我有這個榮幸邀請妳參加今晚的營火晚會嗎？」

「……好。」有何不可，她需要轉移注意力。

「來，我送妳回家。」以翔向珠珠伸手。只要她也肯伸出手，那麼倆人復合的機會還是很大。

珠珠自然而然的伸出手，由賀以翔拉起她。隨後兩人並肩而行回鍾家。不知該說珠珠單純、沒心機、不記恨，還是她對以翔舊情未忘，一路上，兩人慢慢聊，慢慢說，漸漸重拾往日熱絡，一路往珠珠家走去。

狄倫從窗戶往外看，看到這一幕，當下不動聲色繼續陪區長夫婦和其他人聊天。

離別前，賀以翔開口說：「今天晚上我來接妳。」

「好。」

「那晚上見。」

珠珠踏入家門，眼角瞄到狄倫在客廳與眾人談話，對他視若無睹。

「媽，我現在還不餓，等一下再吃。」

上了樓之後，珠珠坐下來翻看馬賽克教學範本。她當然肚子餓了，但不想看到狄倫。直到他離開前，她要離他愈遠愈好。

必要時，不吃飯也沒關係。

晚上七時。

鍾鎮亥引火點燃木堆，很快地燃起熊熊大火，那白白的煙往天上竄，像條白龍。大家一陣鼓掌，隨後在音樂聲中不分男女老少都圍著火堆跳舞。

這舞蹈他們自成一格，有時男女各自跳，有時混合跳，有時動作一致，有時隨興，看似亂跳卻又亂中有序，很有特色。或許是海洋漁民生性開朗，狄倫發現連五、六十歲的長者也會跳舞，參與度百分百，毫無羞赧，精力充沛不輸年輕人，即使行動不便者，亦會跟著節奏打拍子。狄倫再次發現，這群人向心力特強。這意味著很多事。

狄倫看到珠珠也在場。與賀以翔。來之前他想邀珠珠一起到現場，卻親眼見她愉快地和賀以翔一起離開。他慢了好幾步。

要不是知道他們已分手，他們有說有笑的樣子看起來就是一對戀人。他們復合了？狄倫不安的揣度。

他試著將注意力放在其他人，但仍控制不了自己的眼睛；若眼神可化爲利箭，賀以翔早以萬箭穿身。若眼睛可發射核彈，賀以翔早就灰飛煙滅。若目光能夠轉換爲雷射，賀以翔已經碎屍萬段。

小阿姨來到狄倫面前，對他伸手。

「什麼，我……我不會跳！」

「隨便亂跳就行了，呵呵呵。」小阿姨不管，執意抓起他的手把他帶進舞場。狄倫只好用慢好幾拍的速度跟上他們的節奏，手腳不協調的情況下倒也製造不少笑聲。漸漸地，他放鬆心情與其他人同樂。

換舞伴了，這次在他面前的人是小樂。

她劈頭就問：「你跟珠珠是怎麼回事？你在追求她？你怎麼可能喜歡她？你對她是

眞心的？你在打什麼主意？」

「妳問太多問題了。」他同手同腳地跳舞。

「別忘了，你是有女朋友的人。」

「我最近常聽到這句話。」

「提醒你呀，」小樂故意裝可愛的聲調說：「有女朋友的人就別再四處拈花惹草。」

「我有交朋友的自由。」

「有些人碰了就別放，有些人連碰都不能碰。」

「你們龍濱區的人講話向來直白，我很欣賞。妳不要打啞謎，有什麼話直說就好。」

他的手腳愈來愈不聽使喚。

「好，我就直說。既然已經有蘿拉就不要再招惹珠珠。夠明白嗎？」

「如果我兩個都要，誰也阻止不了。」

「富家子的任性是吧？那你就等著被揍得鼻青眼腫。」

「太誇張了！」他嗤道，「我想跟誰交往礙著誰？被誰揍？」

「到時候你就知道了。」小樂笑笑地拍拍他的肩膀——頗具警示之意。「喔，對了，趕快回本島去，永遠別來。」說完，換下一個舞伴。

這舞，狄倫已經跳得索然無味，要不是爲了維持基本的社交禮貌以及另外一絲希望——他想與珠珠共舞，否則早就離場了。依他看，大概要下世紀才會輪到他。在她刻意逃避之下，等到海枯石爛也沒他的份兒。

咦？他好像看到了……蘿拉！？

他再定睛一看。不是，只是一個身形有點像蘿拉的短髮女生。蘿拉怎麼會出現在這個地方嘛，她要不是工作就是……就是……他完全不知道蘿拉的行程。她的興趣是什麼，夢想是什麼，他都不清楚，她鮮少聊自己家人的事，他也很少問。好吧，是從沒問過。

兩人在一起開心就好，但他對她家人的瞭解是「零」。

他要不是太粗心就是對她不夠關心，不夠關心代表愛她不深。……他眞的愛蘿拉不夠深。他是個自私的男人，女人上門由他挑選，他以爲這樣就夠了，其實他應該多瞭解對方。

營火燒著，音樂聲響著，人群歡樂不已。狄倫以遊客的身分看大家跳舞。

他在任何場合都能輕鬆自在，應付自如，但在這裡簡直就是個局外人。瞧瞧這群人，他們眞是一群活力旺盛、樂觀無比的人，圍著火跳舞就能歡樂一整晚。狄倫佩服地想。那些沒用的遊客只會拍照、打卡按讚。嘖！觀光客。在這個畫面看來，他們是多餘的。

狄倫沒料到自己本想將龍濱區變成博奕觀光島，現在居然認爲龍濱區最不缺遊客，這種變化令他心虛地往四周看，其實根本沒人注意他。

就在這時候，狄倫注意到所有年輕男女都在跳舞，唯獨那個身形像蘿拉的短髮女生坐著。

他該打個電話給蘿拉，這麼多天了。狄倫拿出手機撥給蘿拉，等候接通時他的目光快速地掃過所有人，最後停在身形像蘿拉的女子身上，她正在滑手機。

彼端電話響了很久，沒人接，狄倫掛斷電話，等下再打好了。她不接電話是正常的，她是個大忙人，拍照、宣傳、應酬……而他不知道她今晚的行程是哪一個。

自認失職、不夠愛蘿拉的罪惡感湧上狄倫心頭。不過，很快的被珠珠和賀以翔愉快的跳著舞的畫面給取代了。他特別不想看這一幕。

狄倫的心情很惱怒，卻什麼事也不能做，嘔死他了。

假如能，他要怎麼做？衝上前將珠珠、賀以翔一分南北，喝令他們永不准見面？或者把賀以翔壓在沙灘上打一頓，直穿到地心？在人家的地盤上打人家的子弟，眞勇猛呀。

他不曉得自己可以爲了一個女人這麼暴力，活像氣極敗壞沉不住氣的小伙子。

這個時候他還不清楚自己的選擇，不如跳海讓鯊魚吃掉好了。

珠珠怎麼想？她和賀以翔已復合了？她還是認爲他一心一意只爲博奕？狄倫的心情憤憤不平。

他眼角瞥見鍾海智與那名長得像蘿拉的女孩子在說話。原來鍾海智也會與女人講話，還以爲他是悶葫蘆一個。

狄倫很想離開現場，又怕珠珠和賀以翔會在他沒注意時瞬間變化，因此還是留下。他給自己的藉口是：想看營火。

打電話給蘿拉一事，瞬間被狄倫置於腦後。

蘿拉嚇了一跳，沒想到狄倫竟在這時候打電話給她。她遠遠感覺到狄倫往她這裡看。他發現她了？應該沒有，她戴了假髮和眼鏡，沒人認得出她。她要接嗎？別接好了。幸好，狄倫沒再撥過來。蘿拉把手機關靜音，放回袋子。

回本島後，下次再回故鄉不知是何時？她想參加營火晚會，即使不能下去跳舞，遠觀也行。這場營火燒得眞旺，令她忍不住想起很多以前的事……這些事她從沒跟任何人說過。經紀人知道她來自龍濱，直白地告誡她：

「妳的氣質不適合那小島，千萬別讓記者知道，否則身價暴跌。」語氣彷彿是見不得人的事。

「有那麼嚴重？要是大家問起，怎麼辦？」

「妳就說妳的父母在國外，其餘不便多說。瞧，是不是比較中聽？把自己包裝得高級、端莊、美麗就能提升妳外在的價值。」當時經紀人這麼說，社會經驗不足的她被洗腦的相信了。

於是隨著他的指令，加上報章雜誌的瞎扯報導確實影響她的代言，讓她懷著恐懼深信不能讓大眾知道她的眞實身分，否則會變得沒價値。

之後，她的名氣果眞變大，愈來愈像名媛淑女，代言、演出、走秀接不完，「眞我」卻變遠了。這就是演藝圈。她漸漸明白，更懂得如何應付媒體。

可是，最近她厭倦了謊言、出門要化粧、一舉一動要小心。

現在她有兩個選擇，一個是退出演藝圈，另一個是結婚。後者不知要等到何時？也許等狄倫回本島，會向她求婚。蘿拉滿懷期待的想。

「怎麼不去跳舞？」一個無預期的聲音出現。

「阿智。」蘿拉有些小吃驚，「你認得出我？」

「妳怎麼改裝我都認得出來。」鍾海智逕自在她身旁坐下。

「你沒有躲我。不氣我了？」

「兩、三天吧。之後又有得忙了。」

鍾海智淺笑未答。「這次回來多久？」

「妳變瘦了。」

她聳聳肩自嘲道：「演藝圈流行瘦。」

「他沒照顧好妳。」鍾海智直指狄倫失職。

「狄倫對我很好。」

「……嗯……所以，你們快結婚了？」

「還沒。」她不想在他面前談這件事，像是曝露了自己的缺陷，顯得很脆弱，趕緊岔開話題，問道：「你呢？怎麼還不結婚？」

「我在等。」他抬頭看星空，「我每年都許同樣的願望，但還沒有實現。」

有些話無須明講就能意會。蘿拉知道他所指何事，但他的願望不可能實現的。

十多年前分手，她在寂寞的時候曾想起過他，卻也僅限於此。現在她有了狄倫，而且就要去見他的父母，她不會在鍾海智面前提及他倆以前的事，免得引起不必要的妄想。

不過，她還是希望他幸福。蘿拉把這句話告訴了鍾海智。他沒有回應，只是對著她溫柔的一笑，道聲晚安就離開。這瞬間，他似乎變得和兩人剛分手的他不一樣，更成熟、穩重，讓人安心。

蘿拉不去想要是時光倒流她一定不會離開龍濱，離開他。不過，她很高興目前的他看起來不錯。

自己應該也會不錯。蘿拉樂觀的想。

營火晚會到十點還沒有結束，年長者已經回家休息了，留在現場的以年輕人居多，成雙成對。不曉得今晚促成多少情侶？珠珠和賀以翔一直在一起。狄倫抿緊的嘴角抽搐了幾下，接著臉色一沉，心情乾澀地離開現場。

珠珠回到家已是十二點多，他們是最後走的人，留在現場確定灰燼裡沒有任何火苗才能離開。

「我今天很高興。」賀以翔望著珠珠說。

「我也玩得很高興。」她眞心的說。

賀以翔一聽，隨即用他的兩手執起珠珠的兩手，充滿感情與希望的問：「那我們合好吧，嗯？」

「……我們……我們早就合好了，不是嗎……。」但不是愛情。珠珠不忍戳破他的期望。

賀以翔略顯激動的說：「我指的是再當我的女朋友，未來的老婆，好不好？」

「……」

珠珠的沉默看在賀以翔眼裡，心中萬般著急。尤其是她下意識地把視線撇向旁邊，這表示她心底的答案是否定的。他忍不住伸手勾住她下巴，有點強迫她面對他。

「我保證這次不會再傷害妳了。如果有，死一萬次不足惜！」

珠珠淡然一笑。「我相信你不會再傷害我。只是……再讓我想一想。」

他端詳著她說：「希望妳的考慮裡沒有殷狄倫這個人。」

珠珠怔了一怔。「當然沒有！你……你說到哪兒去了。他是你的上司欸。」

是啊，同時也是強勁的對手。他低聲咕噥道：「我就是覺得他對妳有意思。」妳對他也有意思。賀以翔心想。

「你應該很清楚他是爲博奕而來，不是爲我而來。」她的心爲此隱隱作痛。「好了，很晚了，快回去吧。明天見。」

賀以翔心急也沒用，只得黯然離開。不過，在離去前他很快地俯身親吻了她一下，然後才離去。

狄倫看到這一幕。

珠珠梳洗後準備上床休息。門「咚、咚」響了兩下。

「誰？」

「是我。」

狄倫？珠珠頓了頓，問：「有什麼事嗎？」

「我可以進去嗎？」

「我……我要睡了。」

「拜託，珠珠。我只想對妳說幾句話。」狄倫很少這樣低聲下氣。

「很重要的事嗎？如果不重要，在門外說即可。」

「讓別人聽到也沒關係？」

珠珠心中猜這句話的含意，還沒得到結論便聽到自己的聲音說：「進來。」

狄倫開門進來。他先望了望珠珠，然後才打量整個房間。

珠珠的房間窗明几淨，以藍色爲底色，所有的佈置都可以看到與海有關的裝飾，貝殼風鈴、海豚時鐘、漁船模型、船錨書檔、海底景象的床包……處處充滿海洋風。連窗檯上的相框也是貝殼做的。

「妳眞的很熱愛海洋。」

「你有什麼事快說，說完了就出去。別評論我的房間。」

「我……我要向妳道歉。」狄倫對她說。見她沒反應，踩步至窗戶前，然後再面向她，坦承道：「沒錯，我是因爲博奕案而來，我想說服你們每一個人，博奕案一旦成功可以帶來許多好處。當然也會有壞處，這點不可否認。世界上沒有完美無缺的開發案。可是，我眞的不是因爲博奕案而接近妳、討好妳。我曾告訴過妳，妳在博奕案起不了任何作用。」

「無所謂。反正，」她聳了一下肩膀，「在商言商，你來這裡當然是爲了博奕案，難不成是爲了蘿拉？」神經質的笑了一聲。

狄倫不喜歡珠珠又拿蘿拉當擋箭牌。

他嘆了一口氣，求饒般的說：「珠珠，我們可不可以暫時不談蘿拉，不談博奕，只談我和妳？」他伸手過去撫摸她的手臂。這個動作很小，相當於無言請求，請求她正視他。

珠珠抽身向後，刻意拉開他可碰觸的距離。「我和你沒什麼好談的，狄倫。」

「當然有。」狄倫說：「不過在此之前我們先談談賀以翔。妳跟他復合了是嗎？」二十多年感情的鑿痕怎會輕易抹去……。在珠珠沒答覆他之前，賀以翔永遠是他頭頂上的烏雲。

「不關你的事，狄倫。」珠珠回應道。他在吃醋嗎？

「如果妳跟他復合，就意味著妳會跟他一起回本島，這就違背妳不會離開龍濱的原則。」他想用這句話將她一軍。

「以翔說等他存夠錢就會離職，留在這裡。」珠珠抬高下巴，一副勝利者的模樣說。

「他要離職？」

「也許他已經厭倦本島的生活或者貴公司的工作量太大，讓他吃不消。」

「所以妳還是不知道眞正的原因。」

「當然知道！他說是爲了我。」

他不想再聽這句話。「在你們交往十年後他斷然離開妳，現在又回來找妳，突然說這一切都是爲了妳，要妳等他存夠錢他就會離職，留在這裡，而妳又相信了？」狄倫語氣強烈質問。

「爲什麼不信？他人……很好啊。」

好個屁！「他回來龍濱區可以做什麼工作？補魚？我不是瞧不起這工作，但他做得來嗎？」

「他可以……呃……」珠珠腦海忙著翻找職業別，「幫他媽媽開店。」

狄倫氣不打一處來。「當初是賀以翔提議龍濱區當博奕特區。」

「什麼？以翔提議的？不！我不相信。而且，就算是他提議的，罪過也不會比你的公司大。」珠珠說，替賀以翔找藉口脫罪。

他失望的搖搖頭。「珠珠，妳太容易相信人了。」

「那也是我的事，不關你的事，殷狄倫。」

她又連名帶姓叫他了。「只要是妳的事就是我的事。」

珠珠瞪圓了眼睛。「我不歸你管。」

「身為蓋過手印，也蓋過唇印的『朋友』，」他咬牙切齒地強調那兩個字，表示他們倆的關係非比尋常。「我自認非常有資格給妳忠告。」

「你別管我就是了，我不是傻瓜，我自己會判斷。現在你可以出去了。」她站起來走到門邊，將門打開送客。

「還沒完，現在來談我和妳。」他又輕輕地將門關回去。

「我們只是朋友，沒什麼好談的。」

「我真的不是因為博奕案而接近妳。」

「別騙我了，殷狄倫。我看過你綁在豬脖子上的紅布條，你寫著『博奕大案，勢在必得。』」

狄倫吃驚的否認：「不，我寫的不是那句！珠珠。」

「別騙我了。我親眼看到的。」

狄倫迅速的想了一下。「是賀以翔拿給妳看的？」

珠珠撇開頭，不回答問題。

好一個賀以翔，竟然陷害他！竄改他的心願。

狄倫深知毋須多費唇舌向珠珠解釋，她不會相信他的。

「我承認來這裡是因爲博奕案，但沒想到會遇見妳，進而愛上妳。我自己也很意外。」

聞言，珠珠原本堅定的心又動搖了。

「不要再說那個字了，殷狄倫。……你讓我神經錯亂了。」

「是嗎？至少我又引起妳的注意。再給我一次機會吧，珠珠。」

爲什麼他們兩個都要她給他們機會？她又該給誰機會才對？

「我……我已經不知道該說什麼才好了。」她發自內心的說，「不管從哪方面來看我們都不可能有交集。」

「因爲蘿拉，所以妳不願意奪人所愛？」

珠珠把雙手壓在心口處，走到窗前，眼睛望著大海，不發一語。

他走到她身邊，說：「給我時間，我會處理這件事。」

「不不不！」珠珠忙不迭搖頭，一面退後，一面驚慌的說：「你千萬不能和她分手！」

「我不和她分手又如何與妳在一起？」

「不行就是不行！」珠珠語氣堅定的說。「就算你和她分手，你的事業，你的生活重心都在本島，我不想離開龍濱，永遠都不想！」她斬釘截鐵的說，握緊雙拳，僵硬地垂在身體兩側。「我們一輩子都不可能——你知道的。」珠珠背對著他。

「珠珠，這裡不適合我。」狄倫為難的說。

「是你不適合這裡！」

狄倫轉過身面向窗外，雙手撐在窗檯上，生平第一次有快發瘋的感覺。剛才眼睜睜看著賀以翔親吻珠珠，當下恨不得衝出去揍人。理智告訴他不行才勉強壓下來。可是他仍忿忿的想，回到本島第一件事就是開除賀以翔！理智——他媽的又跑出來——告訴他，堂堂一個總經理輸不起感情就把人開除，光榮不到哪兒去。

既辦不成博奕案也無法說服一個女人跟他走，無能至極。

他還總經理哪！

乾脆讓博奕案連同他一起埋入地下算了。

狄倫用手掌擦去臉上的挫折感，茫然的看著擺在窗檯上的貝殼相框，下意識順手拿起它。他一眼就認出珠珠，她從以前到現在模樣沒有太大的變化。

珠珠轉過身來對狄倫說：「謝謝你曾經喜歡我……愛我，這對我來講眞的是一件令人多麼開心的事……。不如我們當普通朋友就好，以後見面才不會……尷尬。」等他的反應。

狄倫看著照片，久久不出聲。過了好一會兒他才放下相框，若有所思的望著遠方……。

珠珠悄眼瞅他，只見他慢慢轉過來，雙眉微簇，一臉嚴肅，神情古怪的東張西望，不知在看什麼、忖度著什麼。害得她緊張兮兮，很怕他有什麼不良反應。

最後，狄倫將視線焦距凝聚在她臉上，接著朝她走來。

「我不認爲我們只能當朋友。」他篤定的說。

珠珠趕緊閃躲，可是房間就這麼小，最後又落入他手中。她緊張的望著狄倫，因爲他伸出手臂摟住她的腰，還一副氣定神閒的模樣。他剛才看起來不是這樣的，怎麼轉變這麼大？

「我不應該同時愛上兩個人，這是我的錯。可是，我的感情是眞的——這點妳從以前就低估了我。給我一星期時間，讓我解決眼前的問題。在此之前，別讓任何雄性動物靠近妳。是的，我指的就是賀以翔。」他沒有給珠珠選擇權，直接下達命令。「『捉豬』那一天，我寫的願望『願我獨得海底明珠』。」

賀以翔造假一事已不重要，珠珠很感動也不重要，因爲她有著比這些更重要的事得在乎與顧慮。

「我說過你不行跟蘿拉分手！」她急得跺腳，想撥開他的手，但他箝制得緊緊的。

「我知道妳在介意什麼。」他終於知道了。

珠珠激動的猛搖頭。「不，你什麼都不知道！」

狄倫固定住她的頭，掛上一個安慰她的笑容。

「相信我，我知道。」他堅定的說。

珠珠索性閉上眼睛，不與狄倫眼神接觸，來個眼不見心不亂。

見她這麼頑固的「抵抗」他的誘惑，狄倫又好氣又好笑，欲低頭親吻她的嘴唇。她眞鐵了心，緊緊的抿著嘴唇不讓他有可趁之機。他只好放過她。

「我剛來龍濱區時，滿腦子只想著博奕案。住進妳家當然也是為了博奕案，看能不能在短短幾天說服你們、改變你們。可是，經過這幾天的相處，我知道妳為什麼捨不得離開這裡，這裡純樸、自然、單純，是人間最後一塊淨土，連我也情不自禁喜歡上這裡。」

「……眞的？」

「現在為了妳，我決定退出博奕案。」

珠珠千想萬想可想不到會聽到狄倫親口說要放棄博奕案，怔忡得說不出話來。她呆若木雞的模樣十分可愛，逗樂了狄倫，於是他故意說：「如果你們改變主意，隨時通知我我會再回來。」

珠珠聽了，趕緊搖搖頭說：「我們一直是一本初衷！」

狄倫不開她玩笑，正色道：「殷氏企業放棄，不代表博奕案就此取消，後面還有其它企業有興趣，政府也會持續政策，直到你們同意爲止。」他就事論事的說。

「那我們會繼續驅趕逐利者！」

狄倫抿嘴而笑，那如勾子一般的微笑再度勾住珠珠的心。

他拿出一張名片給她，說：「這是我的專線，想我的時候可以打給我。」

珠珠接過來，然後當他的面往腳旁的垃圾桶丟。

狄倫不以爲意的笑了笑，再從褲子口袋拿出自己的手機放在她手掌。「幫我保管它。我會打來，妳要接。」

珠珠傻眼。她不能丟掉他的手機！「你的客戶、你的朋友……他們打來怎麼辦？」

狄倫像教孩子似的說：「有一種功能叫做『加入黑名單』妳可以這麼用。」

珠珠瞠目結舌。「我不能封鎖你的朋友！」

「妳看著辦，我不在意。」狄倫無意拿回自己的手機，決意把要不要接電話的難題留給她。「好了，我該走了。」

「你要回本島？」珠珠愕然的問。

「我是指離開這間房間，回到我的豬窩。」狄倫說。「不過，妳若要我留下來，我很願意。」

「不不不！」珠珠一疊連聲道。「你說得沒錯！你該離開我的房間了。」

「可是，明天一早我便會回本島，」他接著說：「解決事情。」

狄倫說要放棄博奕案，那是他的決定，殷雄那一關能不能過恐怕不一定。這是他要解決的第一件事。

第二件事就是他和蘿拉。

「我還會再回來找妳，珠珠。」

看來狄倫心意堅決，珠珠心中百感交集。

「我不希望任何人受傷。」她萬般爲難的低語，像在說給自己聽。單分面分手，另一方卻完全不知情，怎麼可能不受傷？

「我會小心處理。」他再一次撫摸她的臉、她的卷髮，依依不捨的說：「我走了。明天一早我就回去。」

珠珠感受他掌心傳來的溫度，心情無比複雜的欲再說服他：「狄倫，也許等你回到了本島以後就——」

狄倫用迅雷不及掩耳的速度以吻堵住她的話，這次她接受了。她輕撫他的臉，當做是離別之吻。

「我會證明給妳看。聽話，等我。」說完後，立即轉身離去。再不走他怕自己變成野獸。

珠珠心知，他回來的機率極低。

甫上樓的鍾海智看到狄倫從珠珠的房間出來，二話不說，一拳往他臉上招呼過去。狄倫閃過，同時抓住他的手腕，冷聲道：「我不會給你第二次機會。」

鍾海智忿忿地抽回手。

「你在我妹的房裡做什麼？」

「什麼事都沒做。」狄倫說：「我可是個君子。」

「你不配當君子。」

狄倫沒有反駁。有時候要扭轉別人的成見是不容易的，更何況他剛剛才發現到他們錯綜複雜的關係，他的角色確實是偏向「渣男」、「負心者」。

「可惜，我們是因博奕案而有了個不好的開始，否則你會瞭解我雖非君子卻也不是小人。」

鍾海智仍舊懷有敵意。最後側著身體讓狄倫過去。

第九章

五月廿一日　星期日

當狄倫風塵僕僕趕到辦公室時已是下午，通常狄倫會等到隔天再向他匯報。今天從龍濱區搭船回來，未做休息便直接到公司的舉動頗不尋常。

一度，殷雄以爲狄倫帶回來好消息，萬萬沒料到……

「什麼！放棄博奕案！？你瘋了不成？」

「依我對龍濱區居民的觀察，誰去都沒有效。」

「沒有效就要放棄，哪有這種事？你的企圖心到哪兒去了？」殷雄的眼神充滿怒氣。

「爸，之前我跟您說過了，不要特別圖利某個對象。我們應該將焦點放在改善島民生活品質上——」

「前提是我們沒有放棄博奕案。」殷雄打斷他的話。「如果你要放棄博奕案，更不須要這麼做。我們不是慈善團體，要改善他們的生活品質也不是我們能力做得到的事。」

「那就做我們能力做得到的事。」

「沒意義！」殷雄眞正的意思是：沒利益的事，不做。

「當然有，讓我們的基金會做些眞正有益於社會的善事更甚於一切。」狄倫用另一個角度說服父親：「就算得不到好處，也能替企業形象加分，您說是不是？」

殷雄完全無法接受狄倫斷然決定放棄博奕案一事。狄倫的話讓他隱隱感到他不一樣。殷雄沉默地端詳著狄倫，想從他眼中瞧出個什麼。除了堅定的眼神及穩而不亂的態度，他看不出別的事物。

「其他董事恐怕不會輕易答應。」

狄倫聳聳肩，不在意的說：「他們可以自己去試試。」

知子莫若父，殷雄對狄倫的判斷基本上是相信的。可是殷雄到底是個老江湖，狄倫在龍濱區待個幾天就讓他改觀，他這個做父親的無論如何都不相信。他一定還有遇到其它什麼事。不過，他不會問。要說，狄倫早就說出來。

「幾天沒見，你曬黑了。回家休息一下，晚點再聊。」

狄倫見父親已心平氣和，心中的石頭就落了地，趕緊離開。

他沒有休息，利用人脈、關係……所有他能找得到資源，劍及履及地爲說出口的承諾付諸實現。首先是師資、醫師；他需要自願者，其薪資福利將由基金會全額負擔，以確保留住人才。

接著是醫療設備的更新。攸關人命與健康一點都不能馬虎，最好與本島最優良的醫院的設備同等級。

事情還沒完，還要聯絡建築設計師，重新設計學校外觀。視聽室要有電腦、音響等設備，功能性要強，軟硬體設施一應俱全。教室要寬敞、通風、有冷氣。圖書館要明亮、舒適、美觀，並購進大量圖書，使孩子樂於閱讀。景觀設計師要打造綠意盎然的校園，遊樂場設備好玩又安全。重金招聘老師，師資必有水準。

狄倫行動力驚人，他將所有想法一股腦的交代給林祕書。

林祕書乍聽到這突如其來且非比尋常的指令，語氣平穩言聽計從，內心卻詫異萬分。這少老闆什麼時候佛心來著，眞稀奇。聽說他在龍濱區救了人，難道龍濱區有神祕的力量讓人改頭換面？

林祕書的困惑是有原因的，狄倫在做一件和平常形象不符的事。

這大概是她進公司以來，打電話最多的一次。他時不時想知道進度如何，急著催促。她耐著性子明提醒、暗提示告訴他辦這些事需要時間，欲速則不達。而且，這才第一天。狄倫勉爲其難接受。

「總之，要他們儘快，但不能出半點差錯。」

「是。」

狄倫內心是著急的。他想快點把事情辦好，證明他的用心。

他還得解決另一件事。

他在等蘿拉工作回來。電話中，蘿拉說她明天回來。

蘿拉是個不錯的女子，但他想要的人不是她。這麼突然提分手，蘿拉肯定恨死他了。沒關係，他會承受一切責罵，他會給她補償。她要索求什麼他都會給，除了感情。

狄倫特地去「吉蘭」買了一只鑽石手鍊，所有女人都會喜歡它華麗的樣式，就算不喜歡它的款式，看在手鍊要價不斐的份上，應該可以抵消掉怒氣。

甫走出珠寶店他便「巧遇」如鬼影般的記者，華泰。

「殷少！眞巧。」記者華泰與他裝熟。狄倫的應付之道就是忽略他。華泰彷彿盯上一塊美味的肉，緊追不捨的問：「買東西呀，送人？送誰？是不是蘿拉？要跟她求婚了？」

狄倫秉持著堅決不理睬的態度，任由著狗仔在身邊汪汪叫。這時千萬不要驅趕或出聲，會沒完沒了。叫久了，狗仔碰了一鼻子灰自討沒趣就不會再追。這招他跟蘿拉學的。

果然，狗仔發覺目標物打定主意不理會他，因此停止窮追不捨一切行動，但別奢望他就此放棄。從種種跡象看來，狄倫一定是準備向蘿拉求婚了。這可是大事！名模配富少。若他能拍到求婚的關鍵一刻，肯定有獎金。他需要獎金換相機。

狗仔記者決定從現在起二十四小時跟著狄倫。按照他估計，不出一天一定有大事要發生。

五月廿二日　星期一

「金展酒店」是間高格調的餐廳。景觀好，燈光美，氣氛佳。餐點好吃是基本款，頂級的裝潢和豪華設施是進階款，而瀰漫於室內各處的藝術氛圍，有國內外當代或現代藝術大師的作品，例如畫作、雕塑、創意……等，靜候著客人的欣賞，這些才是顯示酒店內涵價值的旗艦款。

這處優美雅致的地方也是男士們的求婚聖地。

這一點狄倫毫不知情，選擇這裡的原因純粹是因爲隱密性高。如果他事先知道這裡是求婚聖地，以及之後會發生的事，肯定不會來。

可惜，凡人沒有預知能力。

此刻，狄倫斜倚在座位裡，右手支著臉，眼睛盯著不遠處一座名爲「火鳥」的銅雕，心裡沉思著：馬賽克做得出立體感嗎？馬賽克還能做出哪些可能性？

狄倫現在有個習慣，看到畫作會想：馬賽克做得出來嗎？看到城市天際線會想：馬賽克做得出來嗎？馬賽克、馬賽克、馬賽克……滿腦子都是馬賽克。這可是前所未有的事情。不可否認，珠珠對他的影響挺大的，出乎他意料。

他拿出手機打給珠珠，迫不及待想告訴珠珠他爲她做了哪些事。

太好了，她直接關機……。狄倫說不出內心有多麼的失望。

「抱歉！我來遲了。」蘿拉現身了。雖然匆忙，臉上還是有完美無瑕的美妝。

電話中，狄倫說急著見她，她想他一定是爲了兩人之間的事；狄倫出發到龍濱前曾說要帶她去見他的父母，而他又選擇了這個有名的求婚聖地，這更讓蘿拉認定狄倫今天一定是向她求婚。

蘿拉坐下後向服務生點了杯果汁，然後微笑含蓄的看著狄倫。

「你等很久了吧？」

「我剛到。」

「你沒點飲料，我幫你叫。」蘿拉舉手招喚服務生，卻被狄倫制止了。

「不用了，我馬上走。」

「馬上走？去哪？」蘿拉一怔，反問：「我也去嗎？」

狄倫沒回答，將一個包裝精美的禮盒推到蘿拉面前的桌上。

「這個給妳。」

禮盒裡面是戒指！蘿拉喜上眉稍。

可是，總覺得哪兒怪怪的。

她觀望四周，只有用餐客人輕聲談笑的聲音和餐廳緩慢悠揚的音樂，沒有小提琴樂手現身桌邊，沒有需要被兩人推進來的超大捧花，狄倫甚至沒在她面前單膝下跪，難道這就是他的求婚方式？她以爲應該更浪漫些，不是這麼簡單隨手似的給她只戒指。上次他送她項鍊的舉止遠比今天柔情呢。

蘿拉覺得這一場求婚怪極了，連狄倫的態度也怪極了。或者，他是故意的，等一下會有更意想不到的求婚方式？一定是這樣，他總是有些驚人之舉。蘿拉樂觀的心想。

她伸手拿起禮盒，屏息地打開來看，看到了意料之外的物品。

「咦？……手環？」

「妳喜歡嗎？」

「呃……，很漂亮呀。」她不自在地笑問：「可是，爲什麼送我手環？」

狄倫清一清喉嚨，艱難但直接的說了出來：「當做分手的補償。」

「什麼？」蘿拉如被施了魔法，動彈不得，滿腦子疑惑卻問不出口。過了大概一分鍾或者一年，她才開口問：「分手！？爲……爲什麼？」

「我們不適合。」

「可是……幾天前你才說要帶我回家見你父母，現在卻又說我們不適合。我……我不懂。我哪裡做錯了？」蘿拉疑惑的問，內心驚慌不已。

「妳沒有做錯，是我不好。我不該那麼早下決定。」

「是你說我們的交往以結婚爲前提，還送我一條項鍊當訂情物。」她罕見激動的傾身向前，以手指勾起項鍊。「你看，我現在就帶著它！」察覺到自己急了，說完後，立即坐回座位，挺直她的背脊。

冷靜、冷靜、冷靜……蘿拉端正坐著，強自鎮定，試圖用微笑武裝起自己正在崩裂的心。而她仍然不知道自己哪個環節出錯。

「你是好女人，只是我瞭解妳不夠多。我好像這幾天才開始認識妳。」

「我們可以繼續交往一陣子，讓你更深認識我之後再談結婚——」

「蘿拉，對不起。」狄倫打斷她的話。「我們無法再繼續下去了。我發現我對妳並不完全瞭解，我甚至不知道妳的過去……。」

狄倫陳述自己過去忽略的事情及身爲男友時的失職，但在蘿拉的耳裡聽來卻不是那麼一回事。

「你這句話是什麼意思？你認爲我的交友很複雜？」蘿拉語氣尖銳的反問。「我是在演藝圈，但一直很潔身自愛！」

「妳誤會了，我不是那個意思。我說過，妳是好女人——」

「可是你現在不要我這個好女人！」這對蘿拉已經飽受摧殘的自尊而言又是一大打擊。

「我要說的是，我以爲妳的父母在國外，其實他們在龍濱區，對不對？蘿拉。妳的故鄉在龍濱。」

蘿拉驚訝得倒吸一口氣。

「……你派人調查我……？」

「我沒有做那種無聊事。」狄倫連忙否認。

在龍濱區最後一晚，他在珠珠房間的窗檯上看到了蘿拉、珠珠和小樂三人少女時代的合照，才知道原來蘿拉來自龍濱區。就是在那一刻，他將所有人、事像拼圖一件件拼湊出整個來龍去脈，使得原先納悶疑惑的事全都豁然開朗。包括珠珠無論如何都不肯接受他的感情，原來是怕傷害到蘿拉。

他甚至合理懷疑，說不定蘿拉曾經是鍾海智的女朋友，只是後來離開龍濱區到本島發展事業，兩人就此分手；他始終感覺鍾智對他的敵意甚強，只因他跟蘿拉交往中。那天，那群老男人對他的感情很好奇，其中一人特別憤懣，也許他是蘿拉的長輩或什麼的。

捉豬那一天他撞到一名老婦人，他猜那一定是蘿拉，她易了容。當時他沒認出來，現在回想，就是蘿拉沒錯。營火晚會那晚，在沙灘上和鍾海智說話的短髮女孩一定也是蘿拉。

還有，他要出發前往龍濱區之前，蘿拉特別提醒他海人脾氣大；他後來才注意到，唯有龍濱區的居民才會自稱是「海人」，外人大多用漁夫或漁民稱呼之。另外，他還發現，外人慣說龍濱區，本地人只說龍濱，藉此區別。

蘿拉來自龍濱，難怪海游技術那麼好，像人魚一樣。珠珠也是。

「你瞧不起我的出身？」

狄倫嚴正否認。「我絕對不是那種人！蘿拉。」

蘿拉不是沒有被提出分手過，但這次太出乎意料之外，因爲九天前他才說他們的交往以結婚爲前提，她滿懷希望以爲自己找到一個條件很好，同時也愛她的男人，沒想到空歡喜一場。這九天他不過去了趟龍濱，回來之後一切就變了。難道……

「你愛上別人了？」

狄倫兩手交握置於桌面，點頭承認。「是的。」

蘿拉想不出來有哪個名女人可以教狄倫一見鍾情。

可是，無所謂了。既然留不住他的感情，她也不會死皮賴臉地巴著他不放。

蘿拉一把扯下脖子上的項鍊，扔在桌上，然後忿然地起身離開。她幾乎看不到路，因爲眼淚恣意往下流眼前濛成一片，她的世界也正一片片掉落粉碎。

此時，不知哪來的亮光一陣又一陣對著羅拉不停地閃。她往亮光來源看去，更多更密集的閃光出現。隨即意會到是狗仔記者在拍她。

蘿拉內心被一陣強大的恐慌給淹沒，卻無法立即以任何自信鎮定的表情來掩飾。

完了！他們的對話全被聽見了！

人們會知道她來自一個偏遠地方的小島，所有爲了事業而編的謊言會被大幅報導揭穿開來。更甚者，她被狄倫耍了，甩了！她會被人指指點點，她的同業競爭者會竊竊私語的討論此事，背地裡取笑她。她的事業、名聲、感情，她的一切一切都將攤在眾人面前，「頂級ＥＱ美人」的假面具即將摧毀。

這就是她一開始撒謊的後果！

「不要再拍她了！」

狄倫出聲阻止華泰拍照，甚至伸手搶奪他的相機。狗仔記者豈是省油的燈，他靈巧閃過，相機還是在手上，同時不忘抓緊時機問：「所以你們原先真的決定結婚？爲什麼現在取消？你愛上誰？那個人也是演藝圈的人嗎？」

狄倫不理會狗仔的問話。

華泰轉而問蘿拉：「妳現在的心情如何？有沒有很失望？會不會覺得不甘心？會不會想知道對方是誰？」

狗仔一連串沒人性的問話讓蘿拉更加淚如雨下。

「我送妳回家，免得他騷擾妳。」混亂中，狄倫還是護著蘿拉。

「不要你送！」

蘿拉用力撥開狄倫的手，逃也似的往電梯奔去。她不想看到任何人，不想聽到任何聲音，可是她仍能感覺到許多顧客觀看這一幕狼狽的戲。她非常清楚，明天見報之後輿論會炸翻了。所有人會交頭接耳，議論紛紛著她感情的挫敗，有人會落井下石，有人給予同情，有人說著空洞的安慰話。

夠了！她受夠這一切了！她要遠離這一切！蘿拉撒腿就跑。

原本她有兩名隨身保鑣，但今天她以爲求婚的場合不需要。沒人保護蘿拉，正是狗仔吞噬她的好機會。所以她一跑，狗仔像聞到血腥味的鯊魚緊追著她。

蘿拉跑進電梯內，拼命按關閉鈕。門漸漸闔上。就在完全關閉前，一隻手及時伸進來擋住了門的閉合。

「妳有沒有什麼話想對愛護妳的粉絲說？妳要不要順便解釋一下妳的來歷？妳眞的來自龍濱區？妳以前說的不是這樣，到底哪一個才是眞的？」華泰緊迫盯人的追問。

蘿拉無處可去，無話可說，只能閉上眼睛儘量將自己縮藏在電梯一角，免得被他看見她的脆弱與眼淚。

電梯終於仁慈的到達一樓。蘿拉奪門而出。

無奈華泰擋在她前面，擺明了就是要蘿拉停下來講幾句話才肯罷休。蘿拉左閃右躲，他亦步亦趨跟著她，怎麼甩都甩不掉他，不知不覺中來到馬路邊。

一輛轎車朝她行駛而來。

不曉得是駕駛開太快還是蘿拉突然衝出來讓他來不及反應，都不重要。車禍直接的、殘酷的發生了。

蘿拉同時感到很多事物，有疼痛，有人尖叫，有救護車鳴笛的聲音，有光線，有陰影，有沙灘，有營火，有人喊：「危險！蘿拉！」

是狄倫嗎？不，不要你管！我不稀罕你！

她還聽到有人對她說：「我在等……」

我在等……，阿智沒說出來的話，她懂。他在等她回來！

我要回去單純的故鄉。
我要原來的我。
我要那個等我回去的人！
蘿拉心裡大聲吶喊。

不知過了多久，蘿拉從一片混沌中醒來。
她雙眼矇矓地看到天花板，聞到消毒水的味道。這裡是醫院，蘿拉心想。她慢慢憶起昏迷前的事，狄倫毀婚，狗仔記者追她，以及最後……她被車撞了。
她受傷了？她沒感覺到任何疼痛，是哪裡殘了所以沒感覺？想到日後自己的身心將不完整，蘿拉悲從衷來，絕望地閉上眼睛，淚水沿著眼角淌淌流下，輕聲啜泣。然後，突然有人幫她擦拭掉眼淚。
「妳醒了？」
蘿拉受到驚動的睜開雙眼，非常意外眼前人。
「阿智？」
鍾海智滿臉疼惜與擔心。「妳現在感覺怎麼樣？」
「……糟透了……！」
「我想也是。」

沒受傷。

「……阿智……，我哪裡受傷了？告訴我實話，我挺得住……。」

「妳沒受任何傷。可是昏迷了三天，把所有人嚇壞了。」

她沒受傷？蘿拉伸出兩隻手，完整無缺。又動動床單下的腳，有感覺。她好像真的沒受傷。

「……我怎麼會……沒受傷……？」她困惑的喃喃自語。

「妳不記得？」鍾海智問。蘿拉搖搖頭。「車禍發生時，殷狄倫以肉身護著妳，而那個狗仔當肉墊被妳壓在身下，斷了幾根肋骨，因此妳毫髮未傷。」

聽到狄倫護著她，蘿拉連驚訝的氣力也沒有。哀莫大於心死。

「……你怎麼會在這裡……？」。

「妳的經紀人通知妳媽，妳媽打電話到我家找妳爸，我接的電話，所以就來了。」

「我爸媽呢？」

「去休息了。」鍾海智問：「妳餓嗎？」

她把頭撇開。「我不想吃。想到報紙刊登的消息我就吃不下。」

「早晚都要面對，吃點東西有了體力才能應付。」

蘿拉慘淡的說：「……我現在想乾脆消失算了……。」

鍾海智的表情似乎有話要說。考慮了一下，他在病床邊坐下。

「既然如此，不如跟我回龍濱吧。」

蘿拉眼睛定在牆上一處，久久不說話。

鍾海智不想趁人之虛，奪取芳心。可是他已經抓了好幾年的豬，今年第一次成功，這應該代表他有機會實現願望。

蘿拉離開他他消沉好長一段時間。在一次因緣際會下接觸珠寶設計，開啓他的新興趣。浸淫在設計中讓他忘卻痛苦，參加珠寶設計比賽增加他的自信。現在，他什麼都不缺，只缺能分享這一切成果的女主人。

鍾海智從他的褲子口袋裡掏出一個絨布盒，逕自打開它，裡面躺著一枚戒指。

「我不曉得妳知不知道這件事？我現在多了一個身分，珠寶設計師。這是我設計的作品之一，我最喜歡它。」

蘿拉緩緩地轉過頭來。她看到一隻白銀色海豚包圍著一顆粉紅色珍珠，海豚的眼睛是藍色寶石。咦，這不就是她挑選的那條項鍊裡的那隻海豚嗎？只是，它是戒指。

蘿拉撐起身子。「這是你設計的？」

「是的。」

蘿拉注視著戒指，喃喃自語：「MARINA，法國話，意思是屬於海洋的。你以前告訴過我。」

她想起來了，這句話是他以前告訴她的。蘿拉抬頭看他，問：「你以MARINA爲品牌名。這件作品應該還包括一條項鍊，對吧？」

這次換鍾海智驚訝。

「妳知道？」

蘿拉把挑選項鍊的經過告訴了鍾海智。

「不過，我已經把項鍊還給他了。」

「是嗎？那我挑錯禮物……。」鍾海智失望又懊惱。誰會曉得事情如此湊巧。

「身爲龍濱人卻不知道龍濱然產珍珠。爲了追求名與利，我到底還錯過了哪些事情？」蘿拉喃喃自語，懊悔不已。「我受夠這一切了！」蘿拉突然情緒激動的說，內心那股緊繃到了極限，必須要炸鍋來釋放壓力。她左手握拳用力搥打病床，大聲吼道：「等我履行完所有的合約，我要永遠離開演藝圈。永遠！」情緒瞬間引爆開來。

鍾海智凝視她，說：「『永遠』，是很久。妳考慮好了？依妳現在的聲勢，就算有一些負面新聞，仍是如日中天，幾個月後人們就會不再記得，現在選擇永遠退出演藝圈是急流勇退，妳捨得？當初妳可是不顧一切要進去。」

她嘆口氣後承認，「我知道……。」接著幽幽的說：「爲了實現自己的夢想，我斷然結束我們之間的感情。」

「人各有志。」鍾海智說得風輕雲淡。當初他可是狠狠地將自己泡在海水裡，看能不能淹死自己。唯有死才不會痛。奈何肺活量太強，頂多嗆了些水。

「進了演藝圈，看似風光，其實暗藏許多危機。爲了瘦身而挨餓，所謂『好姐妹』

爲了嶄露頭角明爭暗鬥，最後變成了敵人，表面上還要假裝是朋友。」她感傷的一笑，有感而發的往下說：「不管我做得多努力，總是有無窮無盡的批評。更別提那些不切實際的緋聞、以及不知是爲了我的人或者美貌而接近我的追求者，追到手之後又我把甩了。我已經不年輕了，我想結婚，想得到幸福，可卻總是陷入無望的感情裡。在演藝圈十八年所消耗的心力是別的工作三十年。我眞的好累……」

「聽起來比出海捕魚還危險。」

蘿拉眼眶又紅了。

「夢萱。結束完工作妳要去哪？」

「我想回龍濱。」

鍾海智沒反應。

「你不高興？」

「怎麼會？」

「可是你的表情……。」

「我是高興。」他放心的笑了。「我終於有機會再追妳一次。」他伸手握住了她。

蘿拉眼眶又一熱，忍不住細細看著他，這些年來她變了，他也變了。雖然有了歲月的痕跡卻愈顯成熟、穩重，沉靜的表情宛如暴風雨中的船艦，不受動搖。是誰說過，男人如酒，愈陳愈香？他就是一瓶好酒。現在，換她品嘗他。

繞了一大圈，最後她還是回到龍濱。她的眞命天子不在豪宅裡，在小島上。想想，他可是位「島主」呢。

蘿拉拭去淚水，重新振作精神，昂起頭來說：「我會給你機會。不過，你得重新設計新戒指給我。」

鍾海智會心一笑。「沒問題。」

蘿拉心情總算平靜了。跟著，她想到一件事。

「狄倫也在這醫院嗎？」

「對。」

「……他怎麼了？」

鍾海智欲言又止。

「你擔心我對他還有感情？」

「不。事實上……他……」

第十章

疼痛感在狄倫的身體四處擴散。

他憑本能想掙脫，卻彷彿被某物給箝制住，無法動彈。隨著神智逐漸清醒，疼痛也愈加劇，令他忍不住想大叫。狄倫認爲自己喊出震天一吼，事實上只是發出微弱的呻吟。

「……唔……」

狄倫一有動靜，旁邊立即圍上一群人，他的爸媽和醫護人員。

「狄倫，你醒了？你覺得怎麼樣？」狄倫的母親緊張地握住他的手問。

「魏醫師，狄倫醒了，這代表他會沒事吧？」

「我看看。」醫師把用小型手電筒照狄倫的眼睛，邊照邊問：「你還記得發生什麼事嗎？」

「……大概吧。」他的聲音很粗嘎，像乾涸的水管。「我要喝水……。」

狄倫的媽媽立刻遞上一杯插有吸管的杯子。狄倫喝第一口就被嗆到，咳了好久才又喝了第二口、第三口……。

醫師收起手電筒，嚴肅且專業的說：「很慶幸他的腦部沒有受到傷害。」狄倫的父母鬆了一口氣的表情。醫師接著說：「我之前跟你們說過，他恐怕需要復健好長一段時間才能勉強像正常人一樣走路。」

殷雄臉色凝重，狄倫母親頻頻拭淚。

「幸好他的腦部沒受損，這是不幸中的大幸。他還年輕，好好復健，很快就可以復原。」

「謝謝您，魏醫師。」

「你們可以聊一下話，別太久，病人需要多多休息。」

「是、是。」

魏醫師一離開病房，所有醫護人員也都跟著出去。

「我……」狄倫一開口就全身痛，連呼吸也痛。喘了好久，聲音粗嘎地問：「躺了幾天？」

「五天。親愛的。」狄倫的媽媽看起來已經沒有原先那麼擔心了。「你記得所有事情嗎？」

狄倫露出一個虛弱的表情。「……媽，我向妳保證我沒有失憶症。只是很痛……。」

「車子撞傷了你的腰椎，魏醫師開刀救了你。不過，你得復健很久……。」

「……多久……？」

「……看你的身體狀況。一年，二年……不一定……。」殷雄保守的說出他傷勢嚴重度之後背轉身去，似乎不想讓兒子見到他掉淚。

狄倫暗暗驚愕：這下可好了……。

「蘿拉呢？她還好嗎？」

「她沒事，前天醒來就出院了。她出院前來看過你，但你還沒醒。」狄倫的媽媽重重的嘆了一口氣，表示接下來說的話很重要。「她要我轉告她的謝意，還說她會向大眾說明你們之間的事。」

他就知道蘿拉是個明事理的好女人。狄倫對她感到歉意與欣慰。

狄倫母親說：「親愛的，你救了她，所以她沒受傷。你是大英雄呢！報紙說你的英勇事蹟多於分手新聞。」

狄倫痛苦地皺著眉，道：「……英雄不會死……也不該受傷。」

「親愛的，蘿拉那麼好的女孩，你爲什麼不要呢？」

狄倫給了母親一抹苦笑後，閉上眼睛。

「好了，讓他休息。有什麼事以後再問。我們走吧。」殷雄打開門，露出一條縫，門外有一些人來來去去。

「總之，你表現得很棒！狄倫。」狄倫母親拍拍他的手說。

「是嗎？救人都沒好報。」狄倫嘀咕道。

「你想要什麼獎勵？媽媽買給你。」

不管孩子幾歲，當媽媽的永遠都將他（她）當小孩。

「媽，我想要的東西妳沒辦——」

「你給我進來！」

他們聽到殷雄突如其來大聲斥喝，接著從門外抓進來一個人。那人頭戴鴨舌帽，壓得低低的，還戴著口罩，幾乎看不見臉孔。幾天前狄倫開刀時他也在開刀房外等，看似病人家屬人甲乙丙，他沒在意。可是，這幾天他時不時都會看到他，像繞著蛋糕的蒼蠅。他剛才開門時又瞄到他倚在門邊狀似沒事人，於是一把將他抓進來。

「你是誰？為什麼探頭探腦、鬼鬼祟祟？你是記者嗎？」

狄倫和母親不明所以的望著。

「我、我……」他一開口是個女「聲」。

殷雄一愣，接著伸手用力揭去那人的鴨舌帽，露出了零亂的卷髮。

一見那卷髮，狄倫彷彿打了強心劑般的睜大眼睛，想起身卻力不從心，只好著急的問：「珠珠？是……是妳嗎……？」

「是我！狄倫。」她朝他回應。

見狀，殷雄鬆開手。「你們認識？」

珠珠怯怯地朝他點頭。「您好，我叫鍾海珍。大家都叫我珠珠。」

狄倫勉強抬起頭。「妳……來看我？快……過來我身邊啊！」他聲音粗嘎的催促。

珠珠請示般的朝殷雄看。殷雄盯著她看了半晌，然後默默頷首。珠珠往病床走去。她走到另一邊，先向狄倫的母親點頭致意，然後轉頭看著狄倫，愈看愈擔心。

「噢……天啊……狄倫，你傷得好……好重！」

「妳……怎麼來了……？」

「我擔心你，所以跟我哥一起來。可是這幾天你一直昏迷中……」珠珠擔心之情溢於言表。

「看到妳我身體就好一半了。」狄倫安慰道，伸手想去摸珠珠但沒有氣力。珠珠見狀趕緊主動握住他的手，赫然發現他的手好冰，趕緊用雙手溫暖他的手。狄倫還記得第一次與她握手掌心傳來的力量與溫暖。和現在一樣。

明眼人一看就知道這兩人有感情，彼此需要對方。

狄倫的母親對他們兩人說：「我們不打擾你們，你們聊。」她另外低聲提醒珠珠：「不要聊太久，醫師說他要多多休息。」然後就和殷雄一起出去。

珠珠坐下來，將他的掌心貼在自己的臉頰上，給狄倫更多溫暖，眼淚，就這樣無聲的流下來。

「嘿，別哭啊。我沒事的。」

「醫師幫你開刀開了好久啊……我等得好焦急……。」

「動手術嘛，難免時間久一點。不過妳看，我現在不是好好的嘛！」換他安慰她。

珠珠遲疑的說：「報紙說你可能會……會……。」

「妳又不是不知道，報紙都寫得很聳動才會有人看。」

「我偷聽到醫護人員談論你的事，你確實傷得很重。有可能……有可能……會……」她說不出「殘廢」二字。

「……我若真的變成那樣……，妳還會像現在這樣關心我、愛我……？」

「不管你變成什麼樣子，我都會愛你！」珠珠語氣堅定的說。「必要的話，我會押著你做復健。」

「如此一來，不就違背妳不離開龍濱區的原則？復健要天天做。」

「我願意留在這裡，每天陪你復健，直到你完全痊癒。」她的原則在得知狄倫約蘿拉談分手，狄倫為了保護蘿拉而被撞受重傷後就已不復存在。

「……我真的能完全痊癒……？」他黯然的問。

珠珠立刻明白他在意著什麼。她婉轉，故作輕鬆的說：「如果你在意別人的眼光，我們可以到龍濱休養，或者直接在龍濱設一個分公司！你可以在那裡安心復健又可以工作，我覺得不錯。」

狄倫感謝她的善體人意。「那妳的原則……？」

「我的原則很彈性的。況且，我擔心的不是原不原則的問題，而是你會愛我多久？」

狄倫笑了。「我想，不會太久。」他故作遺憾的說：「大概就這輩子吧。」
「也好。」她做鬼臉，附和他的話。「太久我也會覺得煩。」
狄倫嘆氣，表情出奇平靜。「過去幾年我以為做了很多，其實不夠。」
「你指的是什麼？」
「企業對社會的貢獻。」
「突然良心發現？」
狄倫長嘆一口氣。「大概是被車撞過後，靈魂重新組裝，變得不一樣了。」
「這樣的你，我更喜歡了。」
「真的？太好了。」他覺得眼皮漸漸沉重。「我有好多話要對妳說……。」
「以後再說吧，你累了。」
「……不要離開我……。」
「我會陪在你身邊。」
「……永遠……？」
「嗯！永遠！」
他的願望終於實現了。還差一項……「我們可以有三個孩子嗎？」
珠珠失笑道：「三個？好吧，我盡量配合。」
狄倫輕輕一笑。

「那我不再談博奕。」

「說到這事，告訴你一個好消息。爸決定公投表決此事，讓龍濱居民決定自己的未來以服政府政策。」珠珠輕聲一笑，「別說我沒警告，過關的機會不大。」

「隨便。只要妳……在我身邊……。」

「睡吧，狄倫。我會一直在這兒。」

（完）

國家圖書館出版品預行編目資料

敵人與我／武小萍著. --初版.--臺中市：白象文化事業有限公司，2022.5
面； 公分
ISBN 978-626-7105-33-7（平裝）

863.57　　111001025

敵人與我

作　　者　武小萍
校　　對　武小萍
封面設計　張家熒
發 行 人　張輝潭
出版發行　白象文化事業有限公司
412台中市大里區科技路1號8樓之2（台中軟體園區）
出版專線：（04）2496-5995　傳真：（04）2496-9901
401台中市東區和平街228巷44號（經銷部）
購書專線：（04）2220-8589　傳真：（04）2220-8505
專案主編　李婕
出版編印　林榮威、陳逸儒、黃麗穎、水邊、陳媁婷、李婕
設計創意　張禮南、何佳諠
經紀企劃　張輝潭、徐錦淳、廖書湘
經銷推廣　李莉吟、莊博亞、劉育姍、李佩諭
行銷宣傳　黃姿虹、沈若瑜
營運管理　林金郎、曾千熏
印　　刷　基盛印刷工場
初版一刷　2022 年 5 月
定　　價　320 元